中公文庫

道誉なり（下）

新装版

北方謙三

中央公論新社

目次

道誉なり　下

第六章　花一揆

1

暑い盛りだった。

一忠と阿曽がいた。高橋屋の一室である。阿曽は隻眼だったが、利く方の眼も小さく畳んだ晒《さらし》を当てて塞いでいた。次第に、視力が失せてきたのである。このまま失明していくものと思われたが、阿曽の表情は暗くなかった。

「この世のいたましさを、この眼で見ないですみます」

阿曽は、道誉にそう言った。ただ、猿楽の一座をどうするか、考えなければならなかった。そこに、一忠が現われたのである。

「この際、近江だ大和だとこだわるのは、いたずらに芸域を狭いものにしてしまいはせぬかのう、阿曽」

「芸は、ただ芸でございます。ただ、ひとりひとりが受け継いできたものでございます」

阿曽の一座は大きくなって、いくつかに分かれた。それぞれで生計《たつき》を立ててはいるが、未熟なものだけを集めて、阿曽が連れていたのである。

「私が預かろうかな、阿曽殿。聞けば、まだ童ばかりだというではないか。阿曽殿がいやでなければ、この一忠の芸をその者たちに伝えたい」

「それは、望みようもないことです。ただ、一忠殿は、観世丸という童を抱えておられるではありませんか。それに、犬王もお世話になるかもしれません」

「あの二人は、それぞれに立つだろう。私はそう思う」

「あの二人を、もうお認めになっているのですね、一忠殿は」

「芸は生まれながらのものでもある。阿曽殿にはわかると思うが、そういう人間が、稀にいるものだ」

「まさしく、あの二人の童は」

こういう話が、道誉は好きだった。芸は、人の心を揺り動かす。この世にそういうものがなければ、人はただいたましいだけである。特に、戦の多い時代はそうだ。

「よし、一忠に預かって貰おう。それでよいな、阿曽？」

阿曽は頭を下げた。

「ただ、この一忠、気紛れの旅に出たくなることが多いのです。道誉様は、よく御存知でございましょう、この一忠の気性を」

「おお、構わぬ。高橋屋の隣に手ごろな家がある。そこを一座の宿舎にすればよい。一忠が留守の時は、おえいに面倒を看させよう」

「ほう、おえい殿に」

「犬王の母の役を、よくやった。犬王は、ようやく人の子らしくなった。ほかの童たちの母をやってもよい、とわしは思っている」

「適役でございましょう。それに道誉様は若い女子《おなご》がお好みのことでもあるし」

「童たちの母にしようと思った方が先だ。若い女子のことを考えたのは、その後だ」

言って、道誉は声をあげて笑った。若い女子は、甲良の館に入れていた。城の下に、広大な館も建てたのである。道誉が鎌倉にいる間に、それは完成していた。

出羽に配流と決まったのは、昨年の十二月だった。山門を鎮めるために、一応そう決められただけだ、と道誉は解した。出立すれば、それでよかったのだ。

京は、舞台のようなところだった。しばらくそこから消え、また登場してくる。それでいいのだった。

出羽へは行かず、鎌倉へ行った。

義詮《よしあきら》がいた。尊氏は、やはり鎌倉に押さえが必要と見て、義詮に行かせたのである。それでも、今年もふた月か三月は京へ呼び寄せるだろう。尊氏が義詮に注ぐ愛情は、極端なものになっていた。義詮が京へ来なければ、尊氏が鎌倉へ行きかねない。

戦は、まだ続いていた。後醍醐帝は崩御したが、吉野では次の帝を立てた。幕府に不満のある武士は、そちらに集まっていくのである。

　尊氏は、自分が耐えに耐えて握った天下が、つまらないものだったとどこかで思いはじめているようだった。それでは駄目だと思う気持もまたあり、次代の義詮への心の傾きになってきているのだ、と道誉は読んでいた。

　義詮が鎌倉へ下向《げこう》したのは、正月も迫ったころで、道誉はすぐに呼び出された。正月を京でともに過そうと言っていた尊氏が、おまえは鎌倉の主ではないか、と不意に言い出したのだという。京へ呼んだのも、追い返したのも尊氏である。義詮は、どこか釈然としない面持ちだった。

　道誉は、犬王を伴っていた。十日に一度ほどは、犬王と遊ばせることにした。犬王と義詮は、気が合わない。観世丸が加われば三人の関係は驚くほどうまくいくのだが、二人だけだと、遊ばないし話もしない。義詮にも犬王にも、耐えることを覚えるいい機会になった。

　二月には京へ戻るつもりだったが、滞留は四月の終りにまで達した。

「阿曽は、高橋屋にひとつ部屋を貰え。そこで暮すとよい」

「私は、一座の者たちと同じ宿舎で」

「それはならぬ。おまえが共に暮せば、一座の者たちはおまえを当てにしよう。ここで暮して、時にはわしのために笛を聴かせてくれ。そしてわしの笛も、聴いてくれ」

「そうされよ、阿曽殿。そして、ここと思った時に、犬王になにか伝えてやればよい。犬王や観世丸は、芸のために生まれてきた者たちだ。ほかの者とは違う。なにか伝えるにしても、ほとんど勝負のようなものになるだろう。一座の世話は、おえい殿に任せ、笛の音を澄ませていけばよいではないか」

「それでは、あまりに。なんのお役にも立ちませんのに」

「なに、道誉様は無駄なものがお好きなのだ。笛の音で、飢えは癒されぬ。まず、人には無駄なものだ。しかし、人の心は無駄なものの中にこそある、とも思っておられる」

　阿曽が、うつむいて息を吐いた。

「そろそろ、蟬が鳴きはじめるかのう、一忠。夏の間、わしは甲良に戻ろうと思う」

「琵琶湖を渡る風が涼やかで、京よりはよほど過しやすうございますからな」

一忠は穏やかに笑った。

山陰の旅から戻ったばかりである。道誉とは、反対の方角を旅していたということだ。塩冶高貞が、京を出奔し、桃井直常《なおつね》、山名時氏に追われて討たれたという話を、道誉は鎌倉で聞いた。高師直が、高貞の女房に横恋慕して、無理を押し通そうとしたために起きた事件だ、と噂されていた。

高貞は出雲守護で、佐々木一門になる。実直な人柄は、京での騙し合いのような人付き合いにはむいていなかった。

出雲に、山名時氏の代官が入っているということも、一忠の旅の話の中で聞かされた。出雲という国には、よそにないなにかがある、と一忠は思っているようだった。それは政事の本質にも、芸の底流にもつながる、なにかなのである。

山名時氏ごときに出雲をやったのか、と道誉は思っていた。尊氏にずっと従うことで、領地を少しずつ拡げ、いまでは数カ国を領有する大大名である。頭の中には、領地を拡げることしかない、と道誉は見ていた。手柄でそうするのなら、それも武士の生き方だった。山名時氏には、陰謀が多すぎる。人を陥れても、領地を拡げようとする。

出雲守護は、佐々木一門の相伝である。塩冶高貞から召し上げられたとしても、佐々木一門の誰かが受けるべきだ。それを交渉するのは、本家の氏頼の仕事だった。しかし氏頼はいまだ十五、六歳で、後見の父親は長く病床にある。

「出雲には、なにがあるのかのう、一忠？」

不意に道誉に言われ、一忠はちょっと考える顔をした。

「忘れられたものが」

「ほう」

「根でございますなぁ」

「この国の根かのう。樹木がのび葉が繁れば、人々に見える。しかし地中の根は見えぬ。そういうことか」

「それが、あの国では見えるような気がしてくるのです」

「なるほど」

「私も、そう思います」

阿曽が言った。

「芸がもともとなんだったのか、ということを考えたくなるような土地でございましたなあ。私は、一度しか行ったことがないのですが」

道誉も、後醍醐帝が隠岐に流された時に、護送の役目を負って行ったことがある。後醍醐帝その人に心を奪われて、土地を感じることなどなかった。

いま行ってみれば、多少は違うか、と道誉は思った。

「酒にしようか、一忠」

「阿曽殿には、瓢《ふくべ》でいただきたいですな。口をつけて飲めばよい」

「そんな、無調法な」

「気にするな、阿曽。光を失った者には、そうする権利がある」

道誉は、えいを呼んで酒を言いつけた。このところ、えいはでっぷりと肥りはじめた。犬王の母をやっているうちに、ほんとうに子を産んだような女の躰になってしまったのだ。乳首も、乳を与えた女のように大きくなった。犬王が、夜でもえいの乳を吸わなくなったのは、この一年ばかりのことだという。

光を失っても、見えるものがあるのか、と一忠が阿曽に訊いていた。自分が見える、と阿曽は答えた。いままで生きてきた自分の姿が、まるで他人の生きざまのようにいつも見えている、としみじみとした口調で言った。

やがて芸の話になり、犬王と観世丸の話になった。それを耳に入れながら、道誉は淡い酔いの中を漂っていた。

数名の供回りで、高師直が高橋屋を訪《おとな》ってきたのは、道誉が近江へ帰ろうとしていた前日だった。道誉の動きを、師直は摑んでいるようだった。

「実は三月の事件について、ひと言佐々木殿に申し述べておこうと思いましてな」

師直は、道誉と対座するとすぐに言った。近習を遠ざけ、二人だけである。

「三月といえば、もう昔のことのような気がいたしますな。大きな戦は収っておりますが、それでも時の流れは速い」

「塩冶高貞殿の妻女に、それがしが懸想《けそう》したと言われております」

「なかなかの美女でありましたな。ともに果てたそうですが。いや、ああいう女子が師直殿の好みでございましたか」

「お戯れを。あの噂は師直の不徳のいたすところで、ただの噂にすぎません。ところが方々で流れている噂は、実はまことのことが多い」

「ほう、ではわが一門高貞の妻女の件は、根も葉もない噂なのですか？」

「この師直、確かに女子が好きでござる。京での不行跡も、数えあげたらきりがないほどです。されど、武家の妻女に手を出すようなことはしておらぬ。まして出雲守護たる塩冶高貞殿の妻女に懸想するなどとは」

師直は、朝廷に武士の力を思い知らせるために、女子を利用したところがあった。摂関家のみならず皇族の娘のもとにまで通ったりしている。足利家の執事に過ぎない自分にさえ、これほどの権勢がある、と公家にも世間にも教えたのだ。ただ、対象の選び方は実に周到で、幕府が頭を押さえておいた方がいいと思える公家ばかりだった。

「それで、師直殿のお話というのは？」

「佐々木一門の実際の惣領には、この師直が関係がないと知っていて欲しかった」

「たかが佐々木一門を、恐れる師直殿ではありますまいに」

「まあこれは、当然ながらの御挨拶でござるよ」

師直の口調はかすかに砕け、しかし眼には厳しい殺気が漂いはじめた。

「噂を流されるには、それなりの理由がござってな。この師直が、幕府の軍勢を掌握していて、いざ戦となればいつでも飛び出す用意があるのが、気に食わない人々が多いのですよ」

「権勢を持てば、それぐらいのねたみはありましょう」

「ねたみだけでないから、根が深い」

師直の眼が、また光った。さすがに、凄味のある眼光だった。道誉も、肚《はら》を据えた。生臭い話になりそうだ。そういうものには、それ以上の生臭さで応じればいい。

「御舎弟が、どういう政事を目指しておられるか、道誉殿も御存知であろう」

「北条の、執権政治がよいと申されているのを、聞いたことはある」

「そうなのだ。執権がいて、一門、譜代がそれを補佐し、さらに有力な大大名が外から支える。しかし、そういう執権政治の幕府を、われらの手で倒したばかりではないか」

「御舎弟は、政事の形態のことを言われたような気がするが」

「御舎弟はそう言われても、まわりはそうは受け取らん。人とは、そういうものだろう。いつの間にか、征夷大将軍は鎌倉のころと同じように飾りもので、執権がまことの政事を行なうと決めてかかる者まで出はじめているのだ」

いまの幕府では、尊氏が飾りもので、直義が執権ということになるのか。実際、尊氏の優柔不断さでは、幕府の構えがこれほど見事にできあがることはなかっただろう。尊氏は、時に果断であるが、時にはなにもかも投げ出すようなことをする。追いつめられると、強いのだ。いまのように、中途半端な平和の時というのが、最も尊氏の意志を沮喪《そそう》させるのかもしれない。

そういう自分を知っているから、尊氏は直義に政事を任せたのだろうと道誉には思えた。

「師直殿は、幕府の軍勢を握っておられよう」

「それも、御舎弟には無用のことと見えるらしいのだ。戦が必要となれば、各大名に軍勢を督促し、それを誰かが指揮すればよいと考えておられる。まさに、北条家のやり方と同じではないか」

「師直殿は、幕府の軍勢が必要と思っておられるのか？」

「幕府に強い軍勢があれば、各大名の軍勢はいまの半分以下に減らしてもよい。そうするべきなのだ。いまはまだ、吉野との戦も抱えている。大名ひとりひとりを、大きなものにしてはならぬと思う」

「代りに、師直殿が大きくなるか」

「征夷大将軍がだ。わしの代りは、いくらでもいよう。幕府の軍勢とは、将軍の軍勢なのだ。上様も、それは考えておられた」

「どうも、朝廷の軍勢を作ろうとした、大塔宮の考えと似ているという気がする」

「似ている。上様は、朝廷がそれをやることを恐れられた」

「なるほど」

どうしても、大塔宮を排除しなければならない理由が、尊氏にはあったということなのか。

「これ以上、深いことは言えぬ。人の名も出さなくてはならなくなるのでな。それに、わしなどより道誉殿の方が、ずっと深く見通している、という気もする」

師直は、茶に手をのばした。このところ、闘茶にも熱をあげているという噂だが、いい茶だったにもかかわらず、師直は味わうそぶりも見せなかった。

「いまのところ、吉野に大きな動きはない。したがって、緊急の派兵の事態もない。御舎弟の考えが通りやすい状況でな」

「それで、わしに言いたいことというのは？」

「そのまま包まずに申せば、引付方に入って貰えぬかということだ。頭人《とうにん》として」

「引付方頭人には、一国二国を領する大名が入っているではないか」

「道誉殿とて、近江半国。それだけではなく、全国各地に拡がる所領を合わせれば、一国以上の領主になるではないか」

「御舎弟と合わぬな、わしは。事実、前にも合わなかった」

「前とは、また状況が変っている」

「どんなふうに」

「上様は、幕府の権限を、二つに分けられた。兄弟で、それを分け持とうと言われた。それで、御舎弟は政事を見ておられる。兵馬のことはわしだ。しかし御舎弟は、上様と分け持ったので、この師直と分け持ったのではないとしか思われぬ。これは違うのだ。上様の代りを、わしがやる。御舎弟とわしの上に、将軍家がある。そうではないか、道誉殿」

「それは、わしにではなく、御舎弟に言うか、将軍家に訴えることであろう」

「わかっている」

「それでも、あえて言われるか」

「引付方頭人となって、御舎弟を抑えてくれる人物は、と捜した。荒々しいだけでは、どうにもならぬ。知恵が回るだけでも駄目だ。胆力があり、また狸でもある男」

「それは、ほめているのか？」

権力を二つに割るというのは、土台無理なのだ。政事が力を持てば、別の力も欲しくなる。兵馬の力を持てば、政事に口を挟みたくもなる。

二人に分け与え、頂点に尊氏がいる。師直が言うように、それが最もわかりやすいかたちであることは確かだ。しかし、尊氏はなにを考えているのか。幕府をもっと強力なものにしようとは思っていないのか。

いつも、なにか意図は持っている男だった。いま、その意図は読みにくくなっている。

「どうだろう、道誉殿？」

「つまりわしに、師直殿の下に組みこまれるようにと勧めているのか」

「下になどと。上様の意向を、引付方でも生かしたいだけだ」

「それでも、高師直の下に組みこまれたと、世の者たちは言うであろうな」

「御舎弟に屈した、と言われるかもしれぬ」

「どちらにしろ、いま幕府に出ていけば、どちらかの下に組みこまれるのだな」

師直の顔を見て、道誉はにやりと笑った。

「所詮、武士である以上、そうなることはわかっている。師直殿の力で将軍家を動かせたら、そうしてもよいぞ」

「上様に、なにを？」

「出雲が欲しい」

「ふむ」

師直は、しばらく考えていた。

「山名時氏殿のやり方が、よほど気に食わぬのだな。道誉殿が、自分から領地のことを言い出すのを、はじめて聞いた」

山名時氏は、中国の何カ国かを領している。伯耆《ほうき》も領していて、さらに領地をのばすには出雲が最も近かったはずだ。

　塩冶高貞の事件も、そのあたりに遠因があると道誉は思っていた。

「わしが出雲守護に任じられたら、引付方頭人を引き受けてもよい」

「引付方に入りたいと望んでいる者が、数えきれないほどいるというのに、贅沢な話だ。まあ、わしはそんなのが嫌いではない」

「これができぬようなら、高師直の権勢も世上言われているほどのことはない、と思うことにする」

「借りがある、道誉殿には。北畠顕家卿が二度目の上洛軍を率いてきた折のな」

「借りを返すのなら、それだけだ。引付方頭人の話は、なしにする」

「またしたたかな。商人《あきんど》の銭勘定ではないか、それは」

言いながら、師直は笑っていた。眼の光も、穏やかさを取り戻している。

守護の任免は、尊氏の専権事項である。どうにでもできる自信が、師直にはあるのだろう。

しかし時はかかりそうだ、と道誉は思った。山名時氏が、一度手に入れた守護職を、たやすく手放すとは思えなかった。直義も、師直の動きを感じれば、首を縦に振るわけがなかった。

「それにしても、道誉殿は出羽へ配流の身のはず。京におられるとは、大胆なものですな。御舎弟が、咎めようという気になられたら、どうされるのだ？」

「わしを咎めれば、増長した山門のわがままも一緒に引き受けることになる、と御舎弟はよくわかっておられる」

「そこまで読んで、妙法院《みょうほういん》を焼討ちされたわけではありますまいな」

「どうかな。とにかく、わしは御舎弟から恩賞を貰ってもいいのだとさえ思っている。このことは、御舎弟に伝えてくだされても構わぬ」

師直は、ただ笑っているだけだった。

「ところで、上様は、日々どう過されておられるのかな？」

「なにを考えて、過しておられるのであろう。なにも考えておられぬと思った時、わしなど及びもつかぬことを考えておられたことがあるし、黙考されていると思った時、ただ居眠りをしておられたこともある。わしなどには、測り難いお方だ」

「主君にするには、たちが悪いな。そういうお方が、師直殿のみならず、この国の主君になってしまっておられる」

道誉が言っても、師直は曖昧な笑みを返してきただけだった。

2

常陸《ひたち》が気になった。

北畠親房の情宣が活発である。親房は、もともと陸奥へむかっていたといわれる。乗っていた船が難破して常陸に流れ着き、そこで吉野の拠点を作りはじめたのだ。それは、すぐに看過できない勢力になった。

師直の兄の師泰と、従弟で師直の養子に入った師冬の二人を、関東に下向させたのは二年以上前のことだ。

常陸の戦は、師冬がずっと担当していた。親房は、関東のみならず、陸奥の吉野側の武士まで糾合しているので、師冬は腰を据えた持久戦をとっている。時々京へ戻ってくる師泰の報告では、あと二、三年はかかりそうだということで、尊氏もそれを了承していた。師冬は、高一族の中では温厚で、持久戦にはむいている。彼我の力の差を考えれば、激しい戦をするよりも、持久戦で徐々に弱らせていった方がいいのだ。激戦では、ひとつ間違えると大敗して、相手に勢いをつける。

そんなことはすべてわかっているのに、尊氏は常陸が気になった。気になるとしたら、河内の楠木正成の残党の動向もあったし、伊勢でも吉野方の勢力が不気味な動きを見せていた。そちらの方は、師直に任せていていいと思う。常陸だけが、気になるのだ。

尊氏は、二度ばかり口頭で攻撃の督促を伝えた。師冬は、何度か城攻めをやったが、抜くことはできずにいた。まだその時機ではないと、師直からたしなめられ、攻撃の督促だけはやめていた。

それでも、常陸が気になった。

年が明けると、尊氏は自ら兵を率いて関東に下る、と直義に告げた。直義は、生真面目に止めた。

「いま、将軍家が京を離れることは、得策ではありません。どうしても北畠親房を討ちたいと申されるのなら、援軍を送ることです。兄上が自ら行かれずとも、あまたの武将がいるではありませんか」

直義はそう止め続けたが、師直は相手にしようとはしなかった。止められても相手にされなくても、尊氏は腹を立てた。

「夏に、ふた月ほど義詮様が上洛されます。関東の主が留守をするわけで、その時ならば、上様の下向も意味のあることになりますが」

ある日、師直が囁くように言った。

「義詮が上洛すると？」

「はい。院の御還幸が予定されております。その折には、義詮様もおられた方がよいと思い、内々に鎌倉へも伝えてあります」

「師直、なぜそれを先に言わぬ」

「われら家臣どもで、事を運べばよいと思っておりましたので。それでなくても、上様には煩雑な政務がございます」

「院が伏見殿《ふしみでん》より御還幸される時に、将軍たるわしがいなくともよいと申すのか」

「その折には、義詮様に代理をお願いするしかない、と思っておりました。御舎弟は、上様の御意志は堅いと申されておりましたので。北畠親房には師冬が当たり、大きな失敗はいたしておりません。ただ、すぐに討てということなら、上様の御出馬を仰ぐしかないと思います。師冬ひとりでは、関東の武士がすべて靡《なび》くというようなことはありませんので」

「院の御還幸か。直義に聞いたが、失念しておった」

「光厳院は、われらが負けて九州へ落ちる時に、院宣と錦旗をお与えくださいました。できることならば、御還幸の際には、上様にお迎えしていただければ、と思っております。それがならぬならば、やはり義詮様に」

「わしがお迎えせぬわけにはいくまい」

師直にうまくしてやられた、と尊氏は思った。直義より、自分を扱う方法にはたけている。

「それで上様、援軍は送られますか？」

「わしが出陣することに意味があった。わしが行けぬなら、師冬で充分である」

神妙な表情で頷き、師直は退《さ》がっていった。

常陸が気になった。それは、義詮のいる鎌倉が気になったということだった。

直義にはそれがわからなかったが、師直にはわかったということだろう。

夏には義詮が上洛してくると知ると、憑きものが落ちたように、常陸のことは気にかからなくなった。義詮が、なぜかかわいかった。

一昨年、登子が亀若丸《かめわかまる》を産んだが、これもかわいかった。同じ息子でも、直冬《ただふゆ》に愛情を感じたことはない。直義が養子にした時も、余計なことをと思っただけだ。直冬とは、いまも会いたいとは思わない。

尊氏が関東下向を言わなくなったので、直義はほっとしたようだった。

幕府のことを、しばらく見つめてみようという気に、尊氏はなった。その気になって見つめると、はじめとはだいぶ様変りしている。直義は滞りなく政事をこなし、その下にも有能な一門の者たちが集まっているが、あまりそこに口を出したくないと尊氏は思った。口を出したくないというより、どこか見ていて不愉快なのだ。なぜかと考えているうちに、鎌倉の幕府で北条高時が執権だったころと似ているのだと気づいた。直義は、高時よりはるかに有能で、公平で、峻烈でさえあった。それでも、北条氏が何代もかけて築いた幕府の機構を、超えてはいないのだった。

その一方で、師直は幕府軍の育成に腐心していた。畿内の武士の中から、選りすぐって二万ほどの軍勢を作りあげている。精鋭だということは、見ただけでわかった。そして、軍勢督促をしなくても、即時に動かせる兵力なのだ。直義は、そういう軍勢を幕府が抱えるのを、無駄と考えているふしがある。

そういうものは前から見えていたが、直義と師直の間に、微妙な対立があることも、いくらかわかってきた。

対立しているというのは、片方が絶対的な力を持っていないことで、自分には好ましいことだ、と尊氏は思った。最後は、自分の声がすべてを決することになる。対立を煽るつもりもないが、二人を押さえようとも思わなかった。

領地関係の訴訟などは、ほぼ公平に裁かれているようだった。それに対して、師直についている武士の中には、力で無理押しをしようという者もいるようだった。

近習だけを連れて、野駈けなどに出ることも多くなった。このところそばに控えているのは、饗庭《あえば》命鶴丸《みょうつるまる》である。馬はよく乗りこなす。剣も弓も近習の中では抜きん出ていて、学識も浅くない。自然、夜伽《よとぎ》を命じることも多くなっていた。

ただ、近習の中で高い地位は与えていない。まだ若すぎるのだ。

近習といっても、それぞれに十名ほどの配下を抱えているので、野駈けの一行はすぐに百名ほどにはなった。それに、警固の二百名が付く。

「ものものしいお供でございますな」

桜も終ったころ、野駈けの途中で道誉に出会った。道誉は供回りが四人で、犬王という童を連れていた。犬王は、見事に馬を乗りこなしている。

犬王は、十歳ほどだろうか。祇園の高橋屋という宿舎には、それよりもう少し幼い観世丸という童もいた。その二人と、義詮は気が合っていた。実に愉しげに遊ぶのだ。

「このところ、顔を見せぬな、道誉」

「しばしば近江に行っておりましてな。それに、上様は塞ぎの虫とか」

「誰が、そんなことを申した？」

「あまり表に出られぬと聞いたので、私がそう判断したのでございますよ」

「塞いではおらぬ。大きな戦がないので、退屈しているだけだ」

「上様の退屈は、塞ぎの虫ではございませんのか」

相変らず、無遠慮な男だった。しかし、あまりかっとすることもない。

流罪に処せられたが、いつの間にか戻ってきて、平然と京をのし歩いていた。直義も師直も苦笑していたし、山門は毒気を抜かれてなにも言わないという感じだった。

「しばらく、おまえとも語っておらぬな」

「上様が、高橋屋をお訪ねにならなくなっただけです」

「そうか、俺が訪ねなければ、塞ぎこんでいると思われるわけか」

「大きな戦もありませんのでな。野駈けの途中で、高橋屋へもお寄りになりません。これは塞ぎこんでおられるのだろうと」

轡《くつわ》を並べて、しばらく歩いた。

「道誉、久しぶりに笛を聴かしてくれぬか」

「この童を、憶えておられますか？」

「犬王であろう」

「笛を教えました。私と一忠が」

「一忠の名も、京ではあがってきたようだな。時々、耳にする」

「田楽能の役者というだけでなく、笛の名手でもあります」

「暗い笛はよい」

「ところが、犬王の笛は不思議に明るいのです。滅びの響きなど微塵もなく、生きる喜びに溢れた笛でございます」

犬王の唄をはじめて聴いた時のことを、尊氏は思い出した。道誉は滅びと言ったが、尊氏には悲しみに聴えた。それも、甘い悲しみだった。自分の中では、滅びと甘い悲しみが重なっているのだ、と尊氏は思ったものだった。

なぜか、義詮にも聴かせたくなった。しかし、義詮は唄に心を動かされたようではなかった。それより、童同士で遊ぶことの方を喜んでいた。

「観世丸という童もいたな」

「いまもおります。しばしば、一忠に伴われて旅に出ますが」

「犬王の笛も聴いてみるか。おまえの笛も聴きたい」

「ならば、河原にでも。瓢の酒もございます」

道誉の笛は、二度ほど聴いたことがある。尊氏は、笛を吹く道誉が好きだった。日ごろのふてぶてしさもなく、実に静かなたたずまいなのだった。そして、笛の音は澄んでいた。自分も、笛ぐらい吹ければいい、としばしば思ったものだ。それで、なにかが癒せたかもしれない。

河原にはもの売りが集まっていたが、武士の一団を見ると慌てて姿を消した。

「平和になった証ですな」

道誉が、馬を降りながら言った。

「ここでものが売られるようになると、市中の商人は困ります。山門も。市中の商いには、さまざまな権利が絡んでいます。そのため、同じものでも値が高い」

「そういうものか」

「政事が絡めば、また値があがる。まこと、民はむくわれないものですな」

「朝廷や山門が、市中の商いにいろいろな権利を持っていることは知っている」

「その権利と関係のない者たちは、自分で作ったものをここへ運んで売ります。安く買いたい者は、ここへ集まってきます。戦がない時は、そうなのですよ」

尊氏は、それを知らないわけではなかった。足利家の惣領ではあったが、六波羅探題へ出仕した時は、ただの田舎侍の扱いしか受けなかった。市でものを求めることもあったのだ。ただ、それが生活から離れていくと、すぐに忘れる。

道誉と並んで、石に腰を降ろした。警固の軍勢は遠くにいて、近習たちも後ろに控えている。前には、川の流れがあるだけだった。

「まずは」

道誉が、瓢の酒を差し出した。

命鶴丸が進み出て、膝をついた。

「お毒味を仕《つかまつ》ります」

道誉の瓢の酒を、盃で受けようとした。道誉が立ちあがり、命鶴丸の肩を蹴りつけた。

命鶴丸は仰むけに倒れ、跳ね起きると平伏した。

「命鶴丸、無礼であったぞ」

尊氏が言うと、命鶴丸はあげかけた頭をまた河原の石に擦りつけた。

「命鶴丸殿とやら。許されよ。男には、耐えられぬものがあってな。いかに御近習衆のひとりであろうと、わしは耐えぬ」

「申し訳ございません」

「もうよい、退がれ」

尊氏は言った。道誉が、自分を人間として扱った、という気がした。将軍になってからは、人間として扱われることが少なくなっていた、と思った。

直義や師直でさえ、蹴りつけるようなことはしなかっただろう。ほかの武将なら、近習の誰かを呼んで、仰々しく毒味などをさせたかもしれない。

「うまい酒を飲もうではないか、道誉」

「そうですな」

「相変らず、なにをやるかわからぬ男だ。俺はこわくなった」

「お戯れを」

「俺がどう変ろうと、佐々木道誉は変らぬか。見上げたばさらよ」

「恐れ入ります」

道誉の瓢から、尊氏は酒を受けた。

「犬王、笛じゃ。将軍様に笛をお聴かせするのだ」

犬王が、川の流れを背にして立った。笛を持ち、かすかに首を傾《かし》げるようにして吹きはじめた。

明るいと道誉は言ったが、悲しみに満ちた音色に聴えた。尊氏は、束の間眼を閉じた。

3

高橋屋の寝所で、黒夜叉に起こされた。

夜明けが近い。寝苦しい夏が過ぎて、夜はようやく涼しくなっていた。道誉は上体だけ床の中で起こした。

「院の行列に、狼藉を働いただと」

土岐頼遠である。事件は昨夜起きていた。

泥酔した頼遠が、光厳院の行列と行き合い、下馬をしないどころか、矢を射かけ、散々に濫暴をしたというのである。院か、犬か、とまで言ったらしい。

「わかった」

頼遠は、剛の者である。戦になれば、尊氏が最も頼りにするひとりだった。酒癖も、豪放なものである。ただ、戦場の気風をどこにでも持ちこんでしまう、という感じはあった。それで、公家たちには嫌われていたところもあった。

「院の行列とはな」

呟いて、道誉は横になった。

幕府の対応は、素速いものだった。直義が激怒している、とすぐに高橋屋にも知らせが届いた。厳罰はまぬがれないだろう、と京じゅうの噂になっていた。

京極の館から、秀綱をはじめとして、吉田厳覚や神保俊氏がやってきた。

道誉は、頼遠を嫌いではなかった。山名時氏のように、領地に眼の色を変えることはない。戦での武勲ばかりを見ている男だった。武勲があれば、領地はあとからついてくると考えてもいるようだった。頼遠の武勇を語る話は、いくらでもある。

しばらく、大きな戦がなかった。血の熱さが、思わぬところにむいてしまったというところがあるのか。

それに頼遠は、領地こそは得たが、幕府の中で場所は得なかった。直義の政務には、勇猛さなど必要とされず、もっと別の能力を要求されるのである。頼遠の言う、怯懦《きょうだ》の者たちが、次第に幅を利かせはじめたのだ。

それでも、頼遠は重要な武将だった。特に、美濃に拠点を持っていたので、師直の頭の中では、即戦力として組み入れられていたはずだ。ずっと尊氏に従って戦ってきて、寝返りの気配を見せたことはない。道誉のように、変幻を愉しむということもなく、武勇だけで生きていた。師直は、扱いやすかっただろう。その分、直義には不愉快な存在として映っていたのかもしれない。

　厳罰の方針が幕府から出されたのは、その日のうちだった。頼遠は事の重大さに驚き、美濃へ駈け戻ったという。

「どうしようもあるまい」

　道誉は、家人たちに言った。

「頼遠は、相手を間違えた」

「戦になりますか？」

　秀綱には、事態がうまく判断できないようだった。妙法院の焼討ちとどこが違うのだ、という顔をしている。

「戦になれば、いまの御舎弟の見幕から、高師直殿が大将に命じられる。桃井などとともに、わしも加えられるかもしれぬ。頼遠にすれば、果てるにしても、討手が師直ではつらかろう」

　師直についている武将の、有力なひとりが頼遠だった。しかし、師直にも助けられはしないだろう。直義の言うことには、間違いなく理があるのだ。そして頼遠は、光厳院の牛車にまで矢を射ている。

いくらかは、自分にも責任があるのかもしれない、と道誉は思った。妙法院を焼討ちした。それは、山門と直義の対立も見据えた上であった。門跡を踏みにじるというより、山門の権威を踏みにじるという気持の方が強く、実際最も反撥してきたのも山門だった。

道誉の狼藉を見て、大抵のことは許されると頼遠が日ごろ考えていたとしても、不思議はなかった。そういう男だ。そして、酒が頼遠の気持の中のなにかを切った。

愚かだと思う反面、頼遠のような男に、それでいいと思わせた自分も愚かだ、と道誉は思った。

唯一考えられるのは、尊氏が頼遠を救うことだった。少なくとも、死罪だけからは救う。征夷大将軍の意見があれば、直義も聞かざるを得ない。

しかし、尊氏がなにか言い出すとは思えなかった。自分に院宣と錦旗を与えたのは光厳院で、征夷大将軍にしたのも光厳院が統率する朝廷だった。なにか言えば言うほど、尊氏は征夷大将軍たる自らの立場を弱くしてしまうのだ。

「師直殿が、いきなり御舎弟を襲うようなことは、考えられませんか」

師直ならやりそうだ、と考えられてしまう。しかし実際のところ、師直は尊氏の意を忖度してしか動かない。

その夜、道誉は寝所へ黒夜叉を呼び、書状を預けた。臨川寺《りんせんじ》に行け、とだけ書いてある。そこには夢窓疎石《むそうそせき》がいて、直義も帰依している僧である。

夢窓疎石がいくら口添えしても、頼遠の死罪は動くまい、と道誉は思った。ただ直義は、累を一族にまで及ばせるのは、思いとどまるかもしれない。直義にしろ、師直の勢力をいくらかでも削ぐために、五代に及ぶ罪と、ことさら強硬になっているところもあるのだ。

ひと月ですべて終るだろうと思ったが、頼遠が斬られたのは十九日後だった。

道誉の書状は読んでいて、臨川寺の夢窓疎石とも会っていた。

幕府内での、直義と師直の押し合いは、頼遠の件をきっかけにかなり激しくなり、ほとんど表面に出てきたとさえ思えた。

道誉は、京と近江を何度か往復して暮らした。

年が明け、道誉は四十八歳になった。

道誉が出雲守護職に補されたのは、その年の夏だった。ほとんど同時に、引付方の頭人にも就いた。出雲守護は、山名時氏と替った恰好で、直義と師直の押し合いがそこでもあったことがわかった。

京極の館から、出仕することが多くなった。

引付方の仕事は、ほとんど所領関係の訴訟の処理である。仕事は、仕事としてこなした。

ただなんであれ、幕府の役に就くと、直義方か師直方かの色分けがなされるようだ。

訴訟の裁決はほぼ公正に行われていたが、時として、直義方か師直方か微妙な色が出ることはあった。道誉は、どちらの色を出す気もなかった。また、直義も師直も、道誉になにか要求してくることはなかった。

尊氏は、ほとんど直義と師直の争いを、愉しんで見ているように思えた。年に一度、関東から義詮が上洛してくる。その時だけ、尊氏は頻繁に直義や師直を呼びつけ、政務の細かいところまで知りたがるのだった。合間を縫っては、野駈けにも出かける。

尊氏が道誉を呼びつけるのは、大抵塞ぎの虫にとりつかれる直前だった。格別の話があるわけでもなく、二日か三日、ただ呼びつける。酒を飲むこともあれば、道誉が笛を教えることもあった。帰りには、従者が持ちきれないほどの土産《みやげ》を持たされる。まるで自分のまわりから、物をなくしてしまいたがっているようにさえ思えた。

かなりの数の武将をこうやって呼びつけるらしく、道誉はいつもその最後のようだった。それから、尊氏はひと月以上、誰にも会わなくなる。

引付方頭人の仕事は、七カ月ほどで終った。

頭人に吉良貞家《さだいえ》があがり、道誉はその次席に列することになったのである。これも、直義と師直の、押し合いの結果だった。

次席にいれば、出仕を休むこともできた。道誉の方では、むしろ歓迎したほどだが、直義も師直も、それについてはなにも言おうとしなかった。二人の押し合いは、複雑に絡み合っているようだ。

「兄上をどう思う」

ある日、めずらしく直義に呼ばれ、そう訊かれた。

「どう思うとは？」

「兄上は、征夷大将軍だ。なのに、天下人らしくない。気紛れが多いのだ」

「昔から、それは上様の性格ではありませんかな」

「天下を取ろうとするころは、兄上はもっと輝いていたような気がする。その輝きに、人はみんな集まった。私はこれでも精一杯なのだ、佐々木殿。これ以上は、躰が二つなければできぬ」

「あの塞ぎの虫は、一生治りますまい」

「幕府は、まだ完成しておらぬ。吉野には、別の朝廷があるのだ。そちらへ集まる武士も少なくはない。この国は、ひとつになりきれていない、としみじみ思う。たえず戦をしていて、なんの幕府だ」

「御舎弟様は、なにを急いでおられるのです？」

「私は、兄上から政事を託されたと思っている。その大きな仕事が、この国をひとつにすることだ。政事では、そうなるように運んできた。しかし吉野に別の朝廷があるかぎり、不満のある者はそちらへ走る。いかに公正な政事をしたところで、これではいつまでも堂々めぐりではないか」

同じことを、尊氏も考えていないはずはなかった。しかし、それをすぐに解決しようとは思っていない。時をかけ、立木を朽ちさせるように、徐々に力を奪いながら、何十年後かに倒せればいい、と思っているようだ。

「兄上が、吉野を気にしておられないわけはない。しかし、腰はあげられぬ。私は、それが歯痒《はがゆ》い。このままでは、鎌倉に幕府があったころより、国は乱れているではないか」

「急がぬことです」

「そうなのか。兄上は、まことにそう思っておられるのか。一刻も早く、この国から戦をなくすのが、政事をなす者の使命ではないのか。私は、そう思う。そのために、寝る間も惜しいと感じることもある」

直義には、いかにも急ぎ過ぎているという感じがあった。それに較べると、尊氏の優柔不断さが、逆にふてぶてしいものに見えてくる。どちらがいいとも言えなかった。直義がいるから、幕府は幕府らしく動いているとも言えるのだ。

「御舎弟様は、なにゆえそれがしに、こんな話をなさいます？」

「このところ、兄上と話をする機会もない。前は、兄上の方から話しに来られたものだ。たまに呼ばれたかと思うと、細かいことばかりを私に訊かれ、それで終りだ。将軍なら、もっと大きなことに眼をむけるべきなのだと思う」

　たまに呼ばれるというのは、多分義詮が上洛している時だろう。師直も、細かいことばかりを訊かれるという。義詮になにか教えようとしているのだろうか。

「兄上は、佐々木殿のことは、友と思っておられる。愛憎の入り混じった友情だと思うが。ふり返れば、兄上と最も話をしているのは、佐々木殿だ」

「つまらぬ、笛や芸の講釈を述べているだけでございますよ」

「その中に、なにかあるのではないのか？」

「さあ」

「まともな話が、通じないところが兄上にはあった。それが、いまはひどくなっている」

　直義は、ここ二、三年で髪に白いものが目立つようになっていた。師直も、頬がげっそりと削げている。そういう二人の変りようさえ、尊氏は愉しんで眺めているのかもしれない。

「私がこう考えている、ということを、折にふれ兄上に話してくれぬか、佐々木殿」

「それがしが、でございますか」

道誉が笑うと、直義も淋しげな笑みを浮かべた。

「佐々木殿に来ていただいたのは、もうひとつ頼みたいことがあったからだ」

気を取り直すように、直義が言った。

「使者を頼みたい」

「ほう、どこへでございます？」

「さまざまなところへ、行かねばなるまい。武家中詞《ぶけもうしことば》を伝えるのだ」

幕府から朝廷への申し入れをやれ、ということだった。ただの使者ではない。公家たちと折衝するのが役目の大半だった。朝廷では、いくつかの行事がある。政事の結果を奏上しなければならないこともある。行事をどう行うか、それに幕府がどう関るか。その折衝のやり方によっては、政事が滞ることもある。叙位叙官ひとつとっても、事前の折衝がきちんとできていなければ、おかしなことになってしまうのだ。朝廷とは、そういうところだった。

「適任だと、私が判断した。手続や前例について詳しい者はいる。しかしそれは瑣末なことだ。幕府の立つべき場所を心得て折衝ができる者。しかも、力を振りかざしてはならぬ。それができるのは、佐々木殿しかいない、と私は思っているのだ。いつもやってくれ、と言っているのではない。難しい問題がある時には、頼みたいのだ」

直義は、こういうことにまで心を砕かねばならないのだ、と道誉は思った。政務を執り、師直と争い、かつまた朝廷との気骨《きぼね》の折れる話合いとなれば、同情に値した。

「やりましょう」

心にひとつわだかまりがあったが、道誉は笑って頷いた。

「すまぬ」

「なんの。それがしは、暇を持て余しておりましてな」

引付方の頭人から次席へ落とされたのは、自分を朝廷との折衝に使おうという気もあったからだろう、と道誉は思った。

「朝廷の狐は、幕府の狸しか相手ができぬ」

めずらしく、直義が冗談を言って笑った。若いころから、知っている。いつも兄の後ろにいて、眼を輝かしていたものだった。その輝きの代りにあるのは、ただ疲れの色だった。

4

火鉢には、炭が入れてあった。

風のない、うららかな日だが、湖上の空気はひんやりとしている。

勧修寺《かじゅうじ》経顕《つねあき》は、湖上の景色を愉しんでいるというより、肌に冷たい空気を心地よさそうに吸っていた。手は、火鉢に翳《かざ》している。

船はもう、進んでもいなかった。

道誉は、笛を出し、口に当てた。心気が澄み渡ってくる。過ぎた日々が、胸中をよぎる。悲しみというより、無常に近かった。

時の流れにもまれながら、ただ生きてきた。大事なのはおのが命であり、おのが家族であり、おのが一門だった。名を惜しみもした。名などいらぬと思ったこともあった。女子は慰みで、いつくしめば喜びもあった。男子と生まれてなすべきことはと考えながら、女子の肌に顔を埋めた。

血が、おのが人生を文字で書き、絵で描いた。ほとんどが、見知らぬ者たちの血だ。おのが血は、躰の中で暖め続け、腐り、すでに腐臭さえ発しはじめている。

死ぬことを、恐れたのか。恥で身を灼くことを、嫌ったのか。なぜ、流さなくてもいい他人の血を流したのか。

あれも無常、これも無常。そして夢。

そうだ、夢だ。夢だけが、汚辱の中で潰《つい》え去らずに生きている。しかし、どういう夢なのか。見えていた夢が、いまは見えなくなっている。心の底に、夢がまだ生きているのを感じるだけだ。

「道誉殿」

勧修寺経顕の声がした。

閉じていた眼を開き、道誉は笛を船板の上に置いた。

「切なすぎるな、笛の音が」

「あるお方を、思い出していたからですよ。そのお方の笛の音が、いまも心から消えません。もう十三年も前になりますかな。この道誉、笛はなかなかのものだと、自分で思っておりました。そのお方の笛を聴くまでは」

「北畠具行《ともゆき》卿か」

経顕の口からその名が出たので、道誉はほっと息を吐《つ》いた。

「経顕卿は、北畠具行卿とは兄弟のような仲だったとか」

「兄のように慕ったことはある。峻烈なお方であったが。私には、あの激しさがなかった。それで生き永らえているようなものだが」

「激しさは、あまり感じませんでした、笛の音にも。笙でありましたが。清澄な諦めが漂っていたと思います」

「諦めか」

「それがしは、あの笛に胸を打たれました」

「不思議だな。私は、具行卿の笛は聴いたことがないのだ。笛ができるとも、知らなかった」

「見事なものでございました。技倆ではなく人が出るのだと、それがしははじめて教えられました」

「そんなものか」

「朝廷にも、人がいるとも思いました」

「もうよい、道誉殿」

経顕は、はるか遠い対岸の陸地の方を見ていた。

直義に頼まれた時、道誉があるわだかまりを感じたのは、経顕の存在があったからである。経顕は、北畠具行のことについてこだわっているだろう、と道誉は思った。それなら朝廷との交渉役として、道誉は適切ではない。断るべきだと思いながら、まだ北畠具行を引きずっている自分がいやでもあった。複雑な思いの中にあるわだかまりだったのだ。

「具行卿は、それがしとよく語ってくださいました。鎌倉までこうしていけるとは、なんと幸せなのだと思いました。国というものをどう考えるべきか、具行卿に教えられたようなものです」

「道誉殿が、具行卿の助命嘆願を何度もしたという話を、私はあのあとある人から聞かされている」

「しかし、具行卿は死なれた。嘆願など、なんの役にも立たなかったと思います」

「そうしてくれた。具行卿も、それはわかっていて、感謝したと思う」

「いまだから、そう言えるのです」

「あの時だから、斬らずに済ませることはできなかった、と言い替えてもよいのではないのか」

「言葉の綾ですな」

「具行卿は、笛を吹いたあと、どうされたのだ？」

「笛を捨ててくれとそれがしに渡されました。それから、自分が選んだ場所に端座されましたな。それがしを見て、笑っておいでだった。静かに、深く、笑っておいででした」

「首を？」

「見事なものです。やわらかいものでも、斬ったような感じでございました。武士であろうと、首を打たれる時は躰を固くしております。立ち木でも斬ったような感じがするのです。具行卿の首は、やわらかでございました。躰のどこにも、力は入れておられなかったと思います」

「もしや、道誉殿は？」

「この手で、首を打ち申した」

「それは」

「首のやわらかさを、よく手が覚えております」

「礼を申さねばなるまいな。よい人の手で、具行卿は旅立たれた」

「そう、思っていただけますか？」

「御自身に最も痛みの伴うやり方を、選ばれた。敬服してもいい」

「安心いたしました」

「道誉殿が折衝の相手だと、手抜きはできぬな。手強い男を、幕府も立ててきたものだ。さすがだと思う」

朝廷側の交渉役は、この二年経顕がやっている。参議であり、細かい交渉は別の公家とやらなければならないにしても、一応すべてを経顕に通すのだ。

「やめましょう、経顕卿」

「なにを？」

「それがしは、交渉役を返上します」

「なにゆえ?」

「北畠具行卿の死を、利用してしまったようです」

経顕が、じっと道誉を見ていた。道誉は、船板に敷いた茵《しとね》の端に眼を落とした。不意に、船が揺れた。顔に、水が降りかかってきた。経顕が、湖の水を掬《すく》い、道誉の顔に叩きつけたのだった。

「北畠具行卿の首を打った、成りあがり者。私は腹を立てているぞ。これからの朝廷との交渉は、心せよ」

道誉は、濡れた顔を拭わなかった。

「これでよいな、道誉殿。具行卿の首を打ったなど、言わずもがなのことを言わなければ、もっとたやすい交渉ができたものを」

「そういうことですか」

「儀式は終った。道誉殿は、具行卿の首を打ったと自ら言い、私は怒った。しかし、交渉はすることにした」

「かたちばかりの」

「朝廷は、すべてかたちばかりなのだ、道誉殿。私は、いい交渉相手を失いたくない」

「そうですか」

「私も、かたちばかりの人間だ。狩衣《かりぎぬ》の下に、実はなにもない」

「北畠具行卿の死を利用した、などとそれがしも口で言ってみただけです」

「そうだ、それでよい」

「狐と狸、と足利直義は申しておりました。それがしは、狸のようで」

「私は狐か。お互いにばかし合う。それを、直義殿は期待しておられるのだろう。ここ数年、朝廷との交渉ではひどい御苦労をされた。自分が狸になれれば、と思われたのだろう。御苦労されたから、佐々木道誉という人物も見えてきたのだ」

「狸のやることは、見え透いております」

「狐もな。狐狸《こり》揃って、たまには朝廷や幕府を騙してやろうではないか」

　経顕が声をあげて笑った。いやらしいほどの、公家の笑い方だ。道誉は、空を仰ぎ、高笑いをした。

　申しつけていた小舟が、五艘近づいてきた。二艘には、猿楽の一座が乗っている。あとの二艘には花が飾られ、三人しか乗っていない一艘だけが船縁《ふなべり》を寄せてきた。

「昼餉《ひるげ》の時でございます、経顕卿」

「ほう」

「従者の方々の分は、岸に用意させておりますので、ここは経顕卿とそれがしの二人だけで」

「よいのう。景色も、また格別じゃ」

道誉は、遠くの山を指さした。

「あの山を眺めながら」

「美しい山じゃ。京では、あんな山を見ることはできぬ」

「伊吹山でございます。あの麓が柏原。それがしが、具行卿の首を打った場所です」

「そうか。これに具行卿の笛でもあれば、申し分ないな」

眼が合った。しばらく睨み合い、どちらからともなく笑い声をあげた。

船縁を寄せてきた小舟で、魚が捌《さば》かれはじめていた。乗っているのは、料理人である。武家申詞を伝える前に、経顕のもとに挨拶に出むき、琵琶湖に招いたのである。昨夜の宿は、甲良の館だった。

「生きている魚じゃな」

「鯛《たい》でございます」

「なんと、琵琶湖に鯛が?」

「まさか。ただ、生で食していただくには、海の魚で、生きているものが最上なのです。生きたまま琵琶湖に運ばせました」

「それじゃ、道誉殿。公家と交渉する時は、驚かしてやること。次に、わずかに潤わせてやること。それで、公家は手を抜かぬ」

「手を抜かれても、よろしいと思いますが」

「いや、それで、すべてが停滞する。書式が整わぬ、病人が出る、文字を間違える。そして、武士が怒るとひたすら怯える。直義殿は、それで御苦労なされた。わずかなものを袖の下に落としこめばよいものを、それができぬ御仁なのだ」

道誉は頷いた。

酒が出され、すぐに生の鯛も出された。

「これは」

鯛を口に入れた経顕が声をあげる。

道誉の招待を気に入ったのかどうか、経顕ははっきりとは言わなかった。ただ、二晩の予定が、五日甲良の館に滞留し、道誉が用意した輿に乗って帰っていった。

出雲にやっていた吉田厳覚が戻ってきたのは、経顕が帰った二日後だった。

出雲守護になった。しかし、一国の土地すべてを手に入れたわけではない。土地にはそれぞれ領主がいて、それをこちら側につけないかぎり、年貢はあがってこない。

事実、名だけの守護もいるのだ。道誉は、そういう守護になる気はなかった。

吉田厳覚をやったのは、まず出雲の正確な石高を調べさせるためだった。自領に組み入れることができる荘園は、すぐに組み入れる。領主たちのことも調べる。領主の大部分をこちらにつけて、はじめて守護という言葉に富がついてくる。

「豊かな土地だな、厳覚」

「まあ、荘園領主や、農民たちには」

「富は、近江に集まる」

「楽観なさいますな、殿」

「いや、集まる」

「気落ちなさいますぞ」

「するものか。出雲は守護代がしっかりしておる」

「はて」

「おまえがやるのだ、厳覚」

「しばらく、お待ちを」

「待てぬ」

道誉は、小さく手を打った。

すぐに、蜂助の姿が現われた。

「兵五百をつけてやる。しかし五百の兵より、蜂助と手下十人余りの方が、ずっと役に立つかもしれぬ。荘園領主で、従わぬものは力で追い出せ。従う者は、配下に加えよ。蜂助が、荘園領主たちの、真の姿を探ってくれよう」

「そうですか」

「暢気《のんき》なことを申すな。命を下したぞ」

「わかりました。出雲に骨を埋めるつもりで参りましょう」

厳覚が言う。蜂助は、じっと平伏したままだった。

5

常陸の平定は一応終り、足場を失った北畠親房は吉野へ戻った。

師冬は、そのまま鎌倉の義詮につけた。

関東が、大きく乱れることは、しばらくありそうもなかった。いつでも義詮を上洛させられると思った時から、呼んでいなかった。師直が呼ぼうとした時も、叱りつけた。師直は、こちらの気持を読もうとしすぎる。

「道誉を呼べ」

近習のひとりに申しつけた。しばらくして、道誉は出仕していないと近習が告げにきた。不意に、腹が立った。引付方の頭人から次席に落とされたので、不貞腐れてでもいるのか。そういう甘えが、いつまでも許されると思っているのか。

「京極の館へ使いをやれ。そこにいなければ、祇園の高橋屋だ」

近習が、平伏して出ていった。

苛立ちながら、尊氏は待っていた。なぜ、不意に道誉に会いたくなったのか、自分でもよくわからなかった。

「命鶴丸、裏に馬を二頭曳いてこい。わしとおまえの分だ」

「お出かけでございまするか？」

「だったら、どうした？」

「警固の衆に、お知らせしなければなりません」

「よい、わしが言っているのだ」

「きつく、止められております。少なくとも、二十名は警固をお付けしなければ」

「誰が、そんなことを決めた」

命鶴丸は、平伏したまま答えようとも動こうともしない。

「直義か、師直か？」

「それは」

「言え。言えば、おまえは許そう」

「命鶴丸の、一存でございます」

「そんなはずは、あるまい」

平伏している命鶴丸のそばにしゃがみこみ、尊氏は囁くように言った。

「言え、命鶴丸」

「私の、一存でございます。昨今、東大寺や山門の衆徒が、しばしば強訴に及んでおります。上様が少人数で外出されたと知ると、なにをするかわかりませぬ」

強訴のことは、尊氏も聞いていた。それにも、このところ腹が立っている。

命鶴丸は、額にびっしりと汗の粒を浮かべていた。尊氏は、指の先でその汗を拭った。命鶴丸はふるえている。

いずれ、直義か師直の申しつけに違いなかった。それを言おうとしない命鶴丸は、間違ってはいないのだ。武士らしい態度と言っていい。ここで言えば、告げ口である。

「よい。もうよい」

尊氏は、居室に戻り、座りこんだ。

政務は、山積している。将軍として決裁しなければならないものが、かなりあるのだ。

内容も確かめずに決裁するということが、尊氏にはできない。ひとつひとつ、眼を通すのである。直義が、尊氏に回す書類をできるだけ少なくしているのはわかるが、それでも量が多すぎた。一日に一刻も続けていると、苛立ってくるのだ。

　直義と道誉が、二人でやってきた。

「それがしをお召しだったようですが、留守をいたしておりました」

　道誉が言う。蒸暑い日なのに、涼しげな表情をしていた。

「おう、おまえに言ってやりたいことがあった。どこへ行っておった？」

「朝廷へ」

「なに？」

「天竜寺の件でございます」

　八月に、天竜寺供養が行われる。天竜寺は、後醍醐帝の霊をとむらうために、尊氏が建立したものである。

　幕府が、五山制を改編して、禅寺を五つの位階に分けたのは、三年前である。禅宗保護の姿勢に山門が反撥し、さまざまな悶着が起きている。京五山のひとつ天竜寺で、夢窓疎石が、光厳院の臨幸を仰いで供養をする、ということについても、厳しく反撥してきていた。疎石を処罰し、天竜寺を破壊せよと強訴にまで及んだのだった。いまでも、しばしば山門の衆徒が、洛中で暴れているという。

幕府は、山門の所領を没収するとやり返していたが、光厳院が弱気になっていた。

「院は、なんと？」

「やはり、臨席はとりやめられるそうです。佐々木殿と二人で、説得に当たったのですが」

直義が、ため息をつきながら言った。

「比叡山の坊主どもが」

尊氏は呻き声をあげた。

「どうも、叡山や東大寺は勝手すぎますな。所領があり、兵力を持てるのがよくないようです」

「直義、それだけではないぞ。坊主は、特に叡山は、幕府を馬鹿にしておる」

「それは、私も感じます」

「高野山を見よ。かつて後醍醐帝がそこへ入ろうとされたが、力で阻んだ。幕軍が入ろうとしても、そうするであろう。京の騒ぎを見て、いかなる勢力にも味方はせぬ、と決めたではないか。あれは、兵力があったからそうできたのだ」

「確かに」

「比叡山は、もともと王朝鎮護と言っておるが、吉野に傾いているな」

幕府は、禅宗を保護しようとする鎌倉以来の伝統を、京に持ちこんだのだ。それを認める大らかさが、叡山にはない。

「腹が立つぞ。ついに光厳院が臨席をとりやめられるとは。大軍でお守りする、と申しあげなかったのか」

「後々の面倒を、避けられたのでございましょう」

「いまだ、洛中の一角に僧兵どもがおりますぞ、上様。この道誉、帰りに蹴散らしてやろうと思っておりますが、御一緒にいかがでございますか？」

「佐々木殿、なんの戯れを」

「待て、直義。おまえは、溜飲を下げたいとは思わぬのか？」

「ならば、いままでなんのために耐えてきたのです」

「御舎弟、喧嘩というものは、いくらでもやりようがあります。よろしいですか、どこに落とすか考えてから、喧嘩をはじめるのです。いまは、落としどころがあるではありませんか」

「どういうことだ、道誉？」

「光厳院の臨席中止は、まだ発表しておりません。たかだか三百ほどの僧兵ですが、蹴散らして、被りものも衣も剝ぎとって、叡山に追いあげるのです。次には、斬り殺すと脅します。叡山では、二千三千の強訴に及びましょう。その時、光厳院の臨席中止を発表すればよい。このまま押されて発表するより、ずっとよいとそれがしは思います」

「そうだ、それこそまさしく、道誉流の喧嘩じゃ。しかし道誉、それをおまえがやるのはよくないぞ。叡山と悶着を起こしておるのだ、おまえは。本来なら、配流もまだ解かれておらぬ」

「そうですな」

「だから、それはわしがやろう」

「なにを申されます、兄上。天下の将軍が、僧兵と喧嘩など、馬鹿げたことを」

「将軍とわからなければよい。わしは、誰にも知られずに、軍勢の調練を重ねてきた。精強な軍勢が、三百はおるぞ」

「どこにでございます」

「直義にもわかるまい。それが余人にわかると思うか。師直も、知らぬ」

「しかし」

「わしの近習を中心にした、三百騎。戦備えでの野駈けをくり返してきた。すでにできあがっておるわ」

「ほう」

道誉が、身を乗り出してきた。

「花一揆《はないっき》という。若武者ばかりじゃ」

「拝見したいものですな」

「兄上、お戯れが過ぎますぞ」

「いや、やる。命鶴丸はいずれに」

命鶴丸が縁の方から声をあげた。

「花一揆三百騎、赤備えで出陣の支度をいたせ。集結は持明院殿《じみょういんでん》の前」

直義の顔の色が、赤黒くなった。道誉が、直義を別室へ引っ張っていった。

尊氏が、出陣の命を下したのである。近習たちに、躊躇はなかった。

かなり時が経って、直義と道誉が戻ってきた。

「御舎弟も、御覧になるそうです」

「ほう、そうか」

「ただし、いろいろな条件をつけておられますぞ」

「心配いたすな、直義。俺は遠くから、近習どもがどう駈けるか眺めているだけだ。無謀なことはいたさぬ」

「そうですか。では、供回りも」

「いつもの二百をつけよ。俺は具足などいらぬ。直垂のままの方がよい。鹿ケ谷《ししがたに》の高いところから見物しよう。持明院殿の前から出発した花一揆が、僧兵をどう蹴散らし、どこへ消え、どう戻るかまで、すべて下知《げち》は与えてある」

「いくらか、安堵いたしました」

「直義、おまえも愉しめ。堅苦しいことばかり考えているから、白髪が増える」

直義は、まだ浮かない表情をしている。幼いころから、一度つむじを曲げると、顔の表情はいつまでも戻らなかったものだ。

鹿ケ谷まで、ゆっくりと進んだ。

「道誉に、なんと言われたのだ、直義。俺は童同然だから、時には気晴しをさせねばならぬ、とでも言われたか」

「もともと、武士なのだと。公家ではないのだと。なにもかも丸く収めれば、それで済むわけではないと。私は、政事を細かくやりすぎるそうです。それは文官と言って、武士ではないと言われました」

「心配するなよ。征夷大将軍であることは、忘れておらぬ。遠くで笠懸《かさがけ》でもやっていると思って、眺めておればよいのだ」

出陣を命じてから、尊氏は気持が昂《たか》ぶり続けていた。

自分は戦が好きなのだ、とふと思った。野を駈け、敵の陣を破る。そういうことをしてきた人間が、屋敷の奥に押しこめられ、決裁などと柄に合わぬことをやっている。たまに戦があっても、配下の武将に出動を命じるだけで、誰も自分に動けと言ってくれない。

たまに戦に出て、勝ったり負けたりしていれば、心の中に留るものもそれほどない。余計なことを、考えなくても済む。単純な、ただの武士でいられるのだ。

人にも会わず部屋にいると、思考が愚かだと思う方へむいていく。それをやめようとすれば、道誉の言う塞ぎの虫だった。

「洛中をはずれた。少し駈けようか、直義」

「はい」

「無茶はいたすな。おまえが落馬をして寝こむと、この国の民が困る」

「落馬など」

直義が言い返してくる。笑って、尊氏は馬腹を蹴った。

鹿ケ谷に着くと、先行した道誉が、すでに陣幕を張り、酒肴を整えていた。

「気が回るのう、道誉。酒を飲み、笛を聴きたいと思っていたのだ」

「さきほどのお召しは、それでございましたか」

「直義も、いい眼をしている。おまえと、勧修寺経顕を絡ませるとは」

「それがしは、好きなようにいたしますぞ。幕府のために働こうとは思っておりません」

「なんのために、働く」

「さあ、働きながら、捜してみることにいたしましょうか」

直義と並んで床几に腰を降ろすと、道誉が酒を注いだ。直義も、ようやく安心したのか、表情が和んでいた。

それほど待たず、斜面を喚声が這い登ってきた。

僧兵が、追い散らされてくる。赤備えの具足の花一揆が、尊氏が指示した通りに動いていた。命鶴丸はどこにいるか、と一瞬尊氏は眼を凝《こら》した。

花一揆は、逃げる僧兵を包みこむように、巧みに追っていた。

眼下を通り過ぎたのは、束の間だった。

「花一揆か。若武者ばかりで、すぐに消えていく。花ではなくなるのだ。人の生にも似ているか」

「なかなかの、精鋭です。強い軍勢になりますな。兄上が、近習をあのように鍛えておられたとは」

「直義」

「はい」

「しばらく戦もなかったが、そろそろ吉野が動くぞ」

「御意」

「ひたすら、京を衝いてこよう。われらが京を衝いた時もそうだったが、外からは攻めやすく見える。俺はやはり、京は魔物だと思う。鎌倉で幕府を開けていたら、といまも時々考える」

「詮なきことを。足利幕府は、京にあるのですぞ」

「わかっている」

「それから、九州をよく見ておけ」

「征西将軍宮ですか。九州に入ったという話は聞きましたが」

「島津《しまづ》貞久《さだひさ》が、徐々に押されておる。阿蘇《あそ》には手を回してあるし、少弐《しょうに》頼尚《よりひさ》にも書状を出してある」

「九州探題を置かれたではありませんか」

「一色《いっしき》範氏《のりうじ》を残してきたのが、失敗だったかもしれぬ。かえって九州がまとまりにくくなっているのだ」

「侮れませぬのか、征西将軍宮は？」

「島津貞久ほどの者を、じわじわと圧倒している。侮れぬ。北畠顕家卿の例もある」

「はい」

直義は、盃を口に運んでいた。

喚声も、もう聞えない。静かだった。

「花一揆は、いずれへ？」

「もう消えた。夢のようなものよ」

「九州の情勢、調べさせますか。それとも、兄上はすでに調べておられるのですか？」

「調べている」

「そうですか。私は、政務にかまけて、九州にまで眼がむきませんでした」

「おまえは、よくやっている。こんな兄で、苦労するであろう」

「とんでもない」

「人がいれば、党ができる。党がいくつかあれば、争いも起きる」

「はい」

「すべて、人の愚かさよ。俺は、惨めになるほど自分が愚かだと思う時がある」

「よしませぬか、上様」

道誉が、酒を注ぎにきた。

「久しぶりに、御舎弟と一緒におられる。ひとつ道誉の笛などを」

尊氏は頷いた。

澄んだ笛の音が、泣き声のように山に吸いこまれていった。

第七章　橋勧進

1

洛中に、軍勢を見ることが多くなった。

さすがに、道誉の一行の行手を塞ぐ軍勢はいない。道誉は、供回りを二百に増やし、夏は白、冬は黒、春秋は赤で兵装を整えさせていた。

朝廷へ出向くことが多くなっている。

勧修寺《かじゅうじ》経顕《つねあき》との関係は良好で、それによってほかの公家との折衝もうまくいっていた。折衝しなければならない相手には、まずかなりの進物を届けさせた。しかし、それだけでは際限がなくなる。取れると思えば、できるだけ取ろうとするのが、公家だった。

力のある者が、一応進物を届けて挨拶をした、と相手に思わせるだけでいい。それ以上の物を要求すれば、なにをやりはじめるかわからない。そういう危惧も、相手に与え続けてきた。二百の兵装を整えた供回りは、公家たちに力を見せてやるためでもある。

二百といえば、尊氏が外出する時の警固の数であり、尊氏の一行よりずっと華麗な軍勢だった。公家たちへの示威だとわかっているのか、直義もなにも言わない。

いま洛中に集まっている軍勢は、督促状を手にした武士たちである。

戦雲の気配が迫っていた。やはり、河内あたりが中心である。だいぶ前から、不穏な動きはあった。しかし、まとまりきれなかったところがある。まとまろうとする力に欠けていたのだ。

その力になったのが、常陸から戻ってきた北畠親房だった。

戦はともかくとして、謀略にかけてはさすがと思わせるものがあった。常陸に拠った北畠親房に、大軍を擁した高師冬が五年も振り回された。関東一円にかぎらず、北陸から東北にいたるまで、その謀略の手はのびていたのである。

吉野に戻ってからの親房の動きも、やはり活発だった。畿内をまとめるために、まず熊野水軍を取りこんだのだ。このやり方は巧妙だった。水軍の海からの牽制に、和泉、河内の守護細川顕氏は散々に翻弄された。その間に、楠木の残党が河内で徐々に勢力を増した。まさしく、親房は不屈だった。

道誉は、親房の動向だけは、細かく調べさせていた。親房は伊勢にかなりの力を持っていて、伊勢の動きはすぐに境を接した近江に及んでくるからだ。本家の氏頼は、そのあたりの眼配りまでは、まだできずにいる。昨年、病床にあった時信が死に、後見人がいない状態になっているのだ。氏頼は、二十一歳になっていた。

その日も、道誉は勧修寺経顕ら数人の公家と会うと、幕府には出仕せずに祇園の高橋屋に戻ってきた。

幕府の中は、さながら二つに割れている観があり、姿を見せればどちらかに色分けしたがる人間が多いのだ。直義派と師直派である。

河内の動きが拡がるのを警戒して、軍勢督促状を出したのは、直義だった。尊氏はそれに同意を与えたふしがある。それに対し、師直は戦は自分の専権だと、強く反撥した。それにも、尊氏は頷いたのである。

尊氏の意図するところは、まだ道誉にははっきりと読めなかった。ただ、なにか考えている、ということは感じられた。それは、河内の叛乱をどう鎮めるか、というようなことではない。武士を公平に扱ってさえいれば、不平分子の叛乱が大きな流れになることはない、と自信を持っているようだ。

いまは、直義と師直が、ことさら対立するようにしむけている、と思える。

「黒夜叉でございます」

居室の外から声をかけられた。黒夜叉が、陽のあるうちにやってくるのはめずらしい。

「入れ」

黒夜叉は直垂姿だった。烏帽子もつけている。これなら、家中の者と誰もが思うだろう。

「楠木の残党が、三百ほど集まりました。さらに増えそうです」

「五百を超えるか」

「明日にも」

「わかった。水軍の動きは？」

「いまのところ、なにも。というより、幕府の締めつけが厳しく、いまのところ動けないということでしょう」

おそらく、幕府水軍は、尊氏が直接動かしている。そういう眼配りをしながら、陸の戦には手を抜いている。この際、直義と師直の対立を行くところまで行かせ、両者の力を見極めようというのだろうか。

河内の情勢も、尊氏が最初に摑んでいるはずだった。

「尊氏の忍びも動いていような」

「嘆夢、血夢という伊賀者の兄弟のことは、すでに申しあげてあると思います。私より早く、楠木の動きを摑んだかもしれません」

黒夜叉は、甲賀の出だった。伊賀と境を接しているが、甲賀は近江の内で、代々佐々木家との関係は深い。

「よかろう、このまま続けよ。配下はいま、どれほどいる？」

「およそ、二十名でございます。出雲に、蜂助を頭とする十名ほどが」

「嘆夢、血夢の配下は？」

「四十から五十でございましょう」

「伊賀山中の忍び群であったな。おまえたちが、凌《しの》ぐことはできるか？」

「できます」

「尊氏より早く、情報が欲しい。しかし、無理をするな。嘆夢、血夢は敵ではない。殺し合いも避けるのだ」

黒夜叉が頭を下げた。はじめて蜂助に連れてこられた時は、二十歳そこそこだったはずだ。とすると、もう三十歳近くになっている。蜂助より、頭という風格はあった。隻眼も、無気味さを増している。

「殿は、戦をなされますか？」

「いずれ。直ちに出陣とはなるまい」

黒夜叉が頭を下げ、姿を消した。

翌日、京極の館から、神保俊氏が報告に来た。出雲を、吉田厳覚がほぼ押さえこみ、年貢の入りも近江からあがるものの三倍に達している、という報告だった。昨年は、二倍だったので、飛躍的に増えている。

「ここらが、頭打ちであろうかな」

「厳覚殿は、出雲で奮闘されました。出雲大社の社領だけには手をつけておられないようですが」

「柏原の銭倉は？」

「何棟も増えております。しかし、殿は軍勢をあまり増やそうとはなさいませぬな」

いま動かせる軍勢は、八千ほどだ。かつての二倍だが、大大名と較べると極端に少なかった。

「これからは、軍勢より銭の使い道の方が多そうだ」

「それがしも、そう考えておりますが、供揃えなど年々派手になっているではありませんか」

「虚仮《こけ》威《おど》しだ。あれで、公家どもはわしを怖がる」

「なるほど」

直義は、公家に会う時、大抵は四、五人の供回りだったという。まともに話せば通じる、と思っていたのだろう。無用な威は張らない。それは直義の美徳ではあるが、朝廷でのやり取りに通用するものではなかった。

「戦ですかな、そろそろ」

「明日にでも、評定《ひょうじょう》が開かれよう」

道誉はそれから、領地からあがった年貢の報告を俊氏にさせた。稲の刈り取りが終ってから、軍勢をまとめる。叛乱を明らかにする。いかにも、楠木正成の遺児にふさわしいやり方だった。

道誉が思った通り、翌朝には幕府から呼び出しがかかった。

評定というほどのものではなかった。

河内で不穏な動きがあり、それを鎮めるために、細川顕氏を派遣する、と尊氏が短く決定を伝えただけである。

細川顕氏は、和泉、河内の守護であり、派遣は順当なものであると、一応は誰もが納得できる。しかし、守護の派遣というのは、直義の意見が通ったものだった。師直は、守護に関係なく、幕府軍を派遣すべきだと主張していた。

それに細川顕氏には、はっきりと直義派という色がついていた。

尊氏は、とりあえず直義にやらせることに決めたのだろう。このところ、直義と師直の押し合いは直義が優勢というところがある。政事を受け持っている直義の方が、大きな戦がなかった分だけ、軍事を受け持っている師直より力を振うことができた。

師直の表情は、一見口惜しそうではあった。しかし、ほんとうに口惜しければ、それを表情に出す男でもない。

細川顕氏には、一万八千という大兵が与えられた。十月の中旬に達しても、楠木正行《まさつら》の軍勢は一千を超えただけだった。ただ、連戦連勝である。

道誉は、高橋屋にいた。羽山忠信は京極の館に留まることを強く勧めたが、道誉は周囲の思惑を気にしなかった。

高橋屋では、一枝《かずえ》という京の娘をそばに置いた。十七で、生娘《きむすめ》である。見目が気に入って、下働きからそばへ置くことにしたのだ。高橋屋はえいが切り盛りしていたが、すっかり肥り、道誉はそそられることもなくなっていた。道誉が若い娘をそばに置くことも、気にしてはいないようだ。

えいが母親役をしていた犬王は、すでに十五歳である。立派に舞い、笛を吹くようになっている。たまにうたわせてみるが、滅びの響きはもう内に隠していた。

道誉は、すでに五十二歳だった。いまさら女狂いという歳でもない。それでも一枝をそばに置いて酒を飲み、庭で猿楽一座の芸を愉しんだ。勧修寺経顕を通じて知り合った公家も、しばしば招いた。帰りには、かなりの額の土産《みやげ》を持たせるので、朝廷での道誉の評判は悪くない。

「本家の氏頼殿は、六角の館に一千ほどの兵を呼んで、幕府からの沙汰を待っておられますぞ」

呆れたように、忠信が何度か言った。

尊氏が本心を見せないので、道誉も見せていないだけである。軍勢督促状も受けていないのに、近江から兵を呼ぶ気はない。

楠木正行の動きだけは、黒夜叉が知らせてくるので、詳しく知っていた。どう見ても、一千の軍勢の叛乱ではない。一千は、戦の時に核になるというだけのことだ。一千を取り巻いて、何千か何万の勢力がある。

正成の戦のやり方と同じだった。

細川顕氏ごときの手には負えない。それは、尊氏にも師直にもわかっているだろう。それでも、顕氏に鎮撫《ちんぶ》を命じた。顕氏が破られれば、吉野に与《くみ》する武士にはずみがつく。この際、そういう武士をすべて表面に出してしまおうとしているのか。

「殿おひとりが、ここでのんびりしておられる。幕府にそう見えるようで、いろいろ言う方もおられるようです」

「いずれ、山名時氏あたりであろう」

山名時氏も、いままでは直義派の中心だった。出雲守護を時氏から召しあげた時点で、師直と反目するようになっている。

やがて、細川軍と叛乱軍が接近している、という情報が届けられた。次に届いた知らせは、細川顕氏が散々に打ち破られたというものだった。

直ちに援軍の沙汰があり、総大将は山名時氏ということになった。

「楠木方に、どれほどの兵力があるのか、まだ正確には掴めません」

黒夜叉が、自ら道誉の寝所に現われて言った。

「天王寺付近から南下をはじめた細川軍は、敵を求めるという戦でございました。敵を見つけて追えば、いつの間にか農民ばかりになり、農民だと油断していると、それがいきなり敵になっていく。楠木の本隊とむかい合った時は、細川軍にあるのは疑心暗鬼だけでございました。そこで突破されると、もうなすすべもない潰走で」

「楠木正行は、まだ二十を超えたばかりだというが、なかなかの武将に育っているようだな」

「地の利を得ている、ということもあろうかと思います」

遊撃戦である。はじめは、奇策も通用する。まして地の利を得ていればそうだ。二度、三度とくり返せば、相手もそれに備えた陣形を組んでくる。その時、正行は次の方策を持っているのか。

正成は、籠城戦も遊撃戦も、まともな本隊のぶつかり合いも、すべて非凡な才で闘い抜いた。正成の献策さえ入れていれば、後醍醐帝が勝てる機会は何度もあったのだ。自分の戦をすることを許されずに、正成は死んでいった。

「伊賀の者どもも、敵の数を正確に摑んではいないと思います」

「山名時氏は、二万を率いて進発することになったが」

「多いとも言えますし、少ないとも言えます」

つまり戦のやり方だ、と黒夜叉は言っているのだろう。数を恃《たの》めば、楠木軍に振り回されることになる。

「いましばらくは、ここで眺めていることになる。しかし、山名時氏に勝てるとは思えん。とすると、師直が出ていって決戦だろうな」

「将軍家の出陣ということは？」

「それは、ない」

いま、尊氏は直義と師直を競わせている。尊氏が出ていくとしたら、師直も打ち破られた時だろう。その時は、京も危うい。そこまで、吉野側を勢いづかせるはずはない。

「殿の御出陣は？」

「多分、師直と一緒であろう」

「では、次にお目にかかるのは戦場で。それまでは、手の者を寄越します」

　道誉は頷いた。

　黒夜叉は、消えていた。道誉はもう一度眠ろうとしたが、眼は冴えていた。

　この世はなんなのだ、とふと思う。人とはなんなのだ、とも思う。こみあげてくるのは、むなしさだけだった。今度の戦で、うまくすれば死ねるかもしれない。なにしろ、相手は正成の息子である。

　しかし、尊氏の生きざまと死にざまを、見ていなかった。正成の死にざまは見た。後醍醐帝の死にざまも見た。

　いつの間にか、夜が明けていた。

　犬王の、低い唄声が聞えてきた。夜明けに高橋屋の庭を歩く。二年ほど前から、犬王はそういう習慣を持ったようだ。

　滅びの響き。道誉には、それがはっきりと感じられる。余人にはわからなくても、道誉にはそれがわかる。

武士の子として育てた。剣も学問も学ばせた。それが、犬王のなにかを隠した。隠しただけで、消してはいないのだ。

茵《しとね》から身を起こし、道誉は一枝を呼んだ。

2

予想した通り、山名、細川の連合軍は、楠木勢にあっさりと打ち破られた。細川顕氏が闘わずして逃げ、山名時氏は手負った上に弟二人を討死にさせるという、散々な敗北だった。

細川顕氏は、すぐに和泉、河内の守護を召しあげられた。管轄している地域の叛乱を鎮められなかっただけではなく、援軍を仰いでおきながら、逃走したのだ。細川の軍勢には、恐怖があったようだ。

直義と師直の力関係は逆転した。

まず、高師泰が速やかに出陣した。それから、師直の本隊が出陣することになった。道誉のもとにも、軍勢督促状が届いた。師直が組織した幕府の軍勢だけでは、不安を拭いきれなかったようだ。

先発の師泰は、淀に堅陣を敷いた。十日後には、師直の本隊が八幡に布陣し、それには道誉や秀綱の二千騎も加わっていた。

そこで越年することが、伝えられた。

師直は、慎重に敵の動きを見きわめようとしていた。特に、地形の偵察をくり返している。地の利が、楠木軍にあることは、いやというほどわかっているようだ。その中で、どういう地形を占めれば、遊撃戦に悩まされずに済むか。

さすがに、師直は凡庸な武将ではなかった。陽動には惑わされず、楠木の本拠を衝くという構えを見せながら、陣は小さく堅めていた。いくら陽動をかけられても、兵を動かそうとしない。

「どういう戦になると思う、道誉殿？」

本陣で二人きりになった時に、師直が言った。

「陽動が無駄とわかれば、敵は姿を現わしますまい。なにしろ、五万と一千ですからな」

「二万はいる。わしはそう見ている。さらに増えるかもしれませんぞ」

「まともに大軍にぶつかるのは、楠木流ではない。しかし」

「しかし、なんです？」

「正成殿の戦も、最後は楠木流ではなかった」

「それがなぜか考えろ、と言われている？」

「すでに、考えておられよう。河内で敵が姿を見せなければ、別働隊が速やかに吉野を攻めるというような噂が、流れているようだ」

「ほう」

「正成殿は、勅命による戦に逆らえなかった」

「楠木正行も、勅命には逆らえぬ、と言われるのだな」

「吉野も、公家の意向によって策を決めましょうな。公家どもは、人ではない。少なくとも、恥というものを知らぬ。わが身大事さにすべてを犠牲にする」

「ゆえに、吉野を攻めるという流言があれば、なんとしてもそれを阻めと正行に勅命が下るか」

「師直殿も、上様と似て周到だ。自分の戦ができぬように、正行を追いつめている」

「帝などが、この国にいる。それがおかしなことだと、わしは思っている。そうではありませんか、道誉殿。帝が、この国の民に益をもたらしたことが一度でもあるか」

「師直殿、思っても口には出さぬことだ」

「そうだな。帝は、あやかしのような力を持っている。あやかし以外のなにものでもないのに、人はそれがまことの力だとも思っている」

「腐ったものには、蛆虫《うじむし》がたかる」

「道誉殿も、口に出さぬ方がいいことを、平気で口に出すな」

「将軍家も無用と言われかねず、われらはそれにたかる蛆虫に見られるかもしれぬ。師直殿など、化物のような蛆虫だな」

　師直が、笑い声をあげた。笑っているのは声だけで、顔は笑っていない。

「とにかく、年が明けたら、すぐに結着をつけようとわしは思っている。長引くことも、また楠木の術中にはまることだろう」

「見きわめる時を、充分にとられた。あとは果断あるのみだ、とわしは思う」

「道誉殿にそう言って貰うと、わしも心強い。なにしろ、上様が最も気にしておられるお方でもあるし」

「買い被《かぶ》っておられるだけよ」

「いや、今度の河内の叛乱がどういうものか、道誉殿は見きわめておられよう。それに対する、上様の処し方も」

「さて」

　正行が、どういう戦をしてくるのか。自分の戦ができないようなら、公家の体質はまったく変っていないということだ。自分を守るために、当然のように人を楯にする。

正月二日に、師直は進発の号令をかけた。

軍勢は、淀川に沿って動きはじめた。奇襲を警戒しているのか、かなりの数の物見を放っているようだ。

讃良《ささら》に達すると、直ちに布陣をはじめた。全軍を五つに分け、河内平野を見降ろす高地を占めた。一番南に位置する生駒山《いこまやま》が、道誉の陣だった。生駒山から飯盛山《いいもりやま》まで、足利軍の陣はのびている。師直の本陣は、その中央である。

「正行、正時《まさとき》兄弟は、吉野に伺候《しこう》し、不退転の決意で足利軍の迎撃に当たるようです」

道誉の陣に、黒夜叉が現われた。

「不退転と申してもな、それは楠木流ではないぞ。死んだふりまでしてみせるのが、楠木流だ」

「足利勢を打ち払う前に、帝に謁見を乞うとは何事だと、北畠親房に強く言われたようです。亡き、北畠顕家を見よと」

「それで、不退転の決意をさせられたか」

「高師泰の別働隊か、京からひそかに進発した別働隊が、吉野を襲うという噂に、帝も公家も怯えております。早く足利勢を追って、吉野を守らせたいのでございましょう」

「北畠親房には、謀略の才だけがあるか。親房ほどの男でも、楠木勢を使いこなすことはできぬか」

「嘆いておられるように聞えます、殿」

「嘆いておる。これでは、親父と同じではないか。しかも、正行はまだ若い。所詮親房は、戦を知らぬな。その無知に、尊氏は何度も助けられた」

公家の中で、北畠親房には確かに骨がある。学識も大変なものだという。しかし、武士を認めていないくせに、徹底的に武士を利用しようとする矛盾に気づいていない。朝廷の番犬という考えを、捨てきれないでいるのだ。

その分、自分が公家に仕返しでもしてやるか、と道誉は思った。朝廷との交渉をするようになってから、道誉は公家が無用なものだと思いはじめた。新しい世を作るのなら、帝も無用である。そのあたりの考えは、師直と似ているはずだ。そして師直は、尊氏の意をどこかで汲んでいるのではないのか。

「楠木正行は、兵は挙げたものの、絶望したのかもしれません」

「無理もあるまい」

「帝とは、なんなのでございましょうか、殿。正成も正行も、帝と聞くと手足さえも動かなくなったとしか、私には思えません」

「古来から、この国が抱えた宿運よ」

言って、道誉は尊氏の顔を不意に思い浮かべた。征夷大将軍であることが、天下を取ったことにはならない。征夷大将軍が、同時に帝になった時、はじめて天下を取ったと言える、と尊氏は考えているのではないか。

だから尊氏にとって、帝が二人いようと、それに伴ってどういう戦が起ころうと、どうでもいいことなのかもしれない。戦の中で、古来からの帝という存在まで消すと、自《おの》ずから新しい帝の姿が浮かんでくる。そう考えているところはないのか。

後醍醐帝と出会ったために、尊氏はそう考えはじめたのか。

「帝がそれほどのものなら、なぜ戦が起こるのです？」

「帝がそれほどのものだから、戦が起こってしまうのだ。あとは、自分で考えてみろ、黒夜叉」

黒夜叉が、かすかに頷いた。

「いまのところ、大きな奇襲はあり得ません。農民の姿をしていた者たちまで、胴丸などをつけはじめています」

「わかった」

「この戦で最も面倒なのは、楠木兄弟を生き残らせることです。しかし私は、二人が死を覚悟して戦場に出てくる、と思っております。死するまで闘うつもりだと」

「湊川の正成殿と同じだ」

道誉は、この戦が不意につまらぬものに思えてきた。黒夜叉が姿を消しても、しばし陣幕の中から動かなかった。

四日に、楠木軍が接近中という注進が黒夜叉から入った。

楠木軍が姿を現わしたのは、五日の早朝である。生駒山からそれを見ていた道誉には、強引に網の中に突っこんできた、としか思えなかった。

およそ五千騎。見事な進軍であり、動きながら陣形を変えている。

楠木軍が目指しているのが、師直の本陣であることは、誰の眼にも明らかだった。それを、足利軍の右翼に位置する飯盛山の軍勢が遮った。

楠木軍は、細く長い槍のような陣形になって、それを突破した。兵の扱いは、巧みである。槍の半分が途中から反転し、敵を蹴散らす。その間、第一陣は新手に当たる。見る間に、右翼が崩されていく。はじめから激戦だった。

土煙があがる。その中で騎馬武者が駈ける。野が燃えているように見える。楠木兄弟がどこにいるのか、道誉は見ようとしていた。

崩れた右翼を立て直そうと、数千が駈けていく。楠木軍の側面にぶつかる。一時押された楠木軍が、楔のような陣形をとって、側面攻撃の援軍を断ち割っていく。

「鮮やかなものだな、忠信」

「それがしには、なにか悲しげにさえ見えます。滅びにむかって駆けていくような」

道誉は、楠木軍の動きを、美しいと思った。人は、あれほど美しく死んでいくこともできるのか。死にむかって、駆けることができるのか。

二刻が過ぎたあたりで、右翼は次々にくり出された援軍も含めて、総崩れになった。

「行くぞ、忠信」

「はっ？」

「飯盛山の麓《ふもと》で、正行は陣形を立て直す。このままでは、本陣には当たれぬ。だから、いま麓を衝く。生駒山を駆け降りるのだ」

忠信の眼が、輝いた。大声で下知《げち》を出す。騎馬隊は、すぐに集結した。道誉は、白馬に跨がった。太刀《たち》を抜き放ち、それを振って切先を飯盛山の麓にむけた。

駆けはじめる。前方を十騎ほどが駆けていた。道誉は、一度だけ声をあげた。飯盛山の麓に集結中の楠木軍の一部が、果敢に陣形を組んでぶつかってきた。押す。駆け降りた佐々木軍の方に、勢いはあった。押し続ける。遅れた騎馬も加わり、やがて徒《かち》も加わった。道誉にむかってきた騎馬武者を、横から忠信が斬り落とした。

楠木兄弟。いる。退《さ》がる味方に遮られて、前に出られずにいる。別の方向からも、麓に攻撃が加わった。長崎資宗《ながさきすけむね》の旗である。なんとか全体の陣形を立て直しかけていた楠木軍が、横からの圧力を受けて再び崩れはじめた。押した。抵抗が弱くなるのが、はっきりとわかった。

楠木軍が退《ひ》いていく。退き方も、巧みだった。三百騎ほどが先に退き、陣形を組み直し、追撃を受ける本隊を庇った。

「よし、退け」

道誉は忠信に言った。突出してきた三百を相手にしている間に、楠木軍は全体を立て直すだろう。忠信も、すぐにそれを悟ったようだった。

半里ほど、佐々木軍は退いた。

楠木軍は、一千ほどがまとまっているだけだ。麓に集結しかかっていた時は、三千近くはいた。あの一千が、正行の率いる軍勢だろう、と道誉は思った。

一千が駈けてくる。正面から師直の本陣にむかっていく。本陣は二万五千。一千は、悲しいほどの少勢だった。

師直の本陣以外のものが、一千には見えていないようだった。波のように寄せ、防衛線を一、二枚突き崩すと、一度後退してまた寄せていく。何度も、それがくり返された。本陣の魚鱗が、小気味よいほどに破られていく。しかし、楠木軍も少しずつ減っていた。矢で倒れる者が多いようだ。

「いま側面を衝けば、楠木勢は全滅させられますぞ」

忠信が、低い声で言った。やれ、と言っているような口調ではない。

本陣に突っこみ続ける楠木軍を、道誉はただ見ていた。死のうと決めた軍勢は、悲壮でさえなかった。祈る声が、聞えてくるような気がした。なにを祈るでもなく、ただ祈るために祈り、死にむかって駈ける。

それでも、楠木軍は本陣に肉薄しはじめていた。高師冬の軍勢が阻んでくる。楠木軍がそれをも突き破った時、本陣に動揺が走るのがはっきりわかった。

しかし、楠木軍は減っていた。気づくと、すでに夕刻近くだった。残っているのは、四、五十人というところだ。

道誉は、立てていた佐々木の旗を倒させた。野辺の送りにも似た気持だった。四、五十人が、また突っこんでいく。師直には近い。しかし、何度もくり返されはしなかった。

不意に、四、五十人はひとかたまりになり、横へ移動した。そう思った時、次々に倒れはじめた。力尽きたのを悟って、自刃《じじん》したということが道誉にはよくわかった。

どこからも、勝どきはあがらなかった。

四条畷《しじょうなわて》を、すでに薄闇が包みはじめている。

すべての陣形を立て直すと、師直が軍議を招集した。楠木との戦には勝った。このままの勢いで、吉野まで攻めこむつもりだろう、と道誉は思った。

「なぜ、楠木勢の側面を衝かなかったのか、道誉殿にお伺いしたい」

軍議を終えて腰をあげようとした時、高師冬が言った。

「あそこで側面を衝いていれば、たやすく楠木兄弟を討ち果たせた、と思いますが」

師冬の言い方は丁寧だが、どこかに怒気を含んでいた。

「二万五千の本陣に、一千の少勢が突っこんでいった。その一千を討つ太刀など、佐々木道誉は持たぬ」

「もし万一、本陣が崩されていたら？」

「それは、高一族が嗤われるだけであろう。戦は、勝てばそれでいいというものではないわ」

「なんと」

「やめぬか、師冬」

師直が苦笑しながら言った。

「生駒山から駈け下った佐々木勢の動きが、勝敗の流れを決めた。おまえには、それが見えなかったのか」

「しかし」

「正行は、さすがに正成の息子よ。上様が、ただひとりこわいと言われた、楠木正成の息子にふさわしい戦をした」

道誉は、黙って席を立った。

翌早朝の進発だった。

吉野を落とすところまで、師直はやるつもりらしい。

奇襲に備えて、進軍は慎重だった。吉野に近づくと、先発隊が民家を焼き払った。敵が身を隠す場所がない。そういう状態にして、大軍を進めた。

師直のやり方は、徹底していた。軍勢が吉野を占拠しただけではない。全山に火をかけ、焼き尽したのである。

大覚寺統の帝は、南へ落ちていったという。

細川顕氏、山名時氏が散々に打ち破られていたころと較べると、大勝利だった。師直はともかく、高一族は勝利に酔っているように見えた。このところ直義に押され気味だった師直が、この戦で押し返したことは間違いないのだ。

吉野全山が焼け落ちると、全軍は大和平田荘まで戻った。四条畷ではかなりの犠牲を払ったが、それ以後の吉野攻めでは、兵の損耗はほとんどなかった。

奇襲を受けたのは、平田荘へ戻った翌朝だった。

射こまれてきた矢の一本が、道誉の左肩を貫いた。喚声を聞いただけで、小人数の奇襲ではないことがわかった。

「うろたえるな。同士討ちに気をつけろ。矢は楯で防げ」

ぶつかってきた。大きく拡がって、人数を多く見せるようなことはせず、小さくかたまっている。こういう敵は、手強いのだ。

道誉は、左肩の矢を抜かずに折った。抜くと、出血が激しくなる。敵は、かたまったまま、強引に押してくる。

「忠信、五百ほどを連れて、横へ回れ」

「しかし」

「押し合いを続けると、兵を失う。手強い敵だ。守るより攻める方がいい」

「承知しました。横から敵を崩しますので、殿はそれまで持ちこたえてください」

忠信が駈け去っていく。

敵が迫ってきた。道誉の周囲を固めている旗本たちも、敵の先鋒と斬り結びはじめている。ひとりが、道誉のそばまで斬りこんできた。道誉は薙刀をかわし、踏みこんで敵兵の胸を突いた。左肩に矢が刺さったままなので、斬る動きができなかった。次のひとりも、突いた。血が、顔にまで飛んできた。庇うように、道誉の前にひとり出てきた。黒夜叉だった。

「申しわけございません、殿。奇襲を探り出すことができませんでした」

敵は、薙刀や刀こそ持っているが、身なりは農民だった。しかし、明らかに闘いに馴れた武士だ。

黒夜叉は、短い刀で敵を防いでいる。旗本の三人も、道誉の前に回ってきた。押してくる力が、ようやく衰えたようだ。

敵が崩れていく。忠信の横からの攻撃で、呆気なく崩れたようだ。道誉は、一度息を吐き、旗本たちに陣を立て直させた。黒夜叉は、いつの間にか消えている。

ほかの場所ではまだぶつかり合いが続いていたが、佐々木軍の前には敵がいなくなった。

「父上」

いつも先鋒の一隊を任せている秀綱が、額から血を流しながら駈けてきた。

「秀宗《ひでむね》が」

秀綱は、弟と一緒に先鋒を受け持っていた。顔を見ただけで、なにが起きたのか道誉は悟った。楯に載せられた秀宗が運ばれてくる。矢を二本受け、突き傷も三つほどあった。見開いた秀宗の眼を、道誉は閉じてやった。

「これが戦だ、秀綱」

秀宗は、二十一になる。戦場の経験は、ないに等しかった。秀宗を伴ったことを、道誉は後悔していなかった。やはり、これが戦なのだ。

「雄々しく闘ったな、秀宗は。躰の前にしか傷を受けておらぬ」

兵を展開させて新たな攻撃に備えた忠信が、駈け戻ってきて息を呑んだ。

「泣くな」

道誉は、秀綱にそう言った。

ほかの場所では、まだぶつかり合いが続いているようだ。

3

饗庭《あえば》氏直《うじなお》の背後に、十六騎いた。

すべてが、白馬である。氏直の馬は、特に見事だった。河原には、四百の兵が二手に分かれている。騎馬は五十ずつである。

「命鶴丸」

尊氏は氏直を幼名で呼んだ。

「赤は寄手《よせて》で、白はそれに対する陣形を組み、できるかぎり動かずに守る。大きく動けば、負けじゃ」

「かしこまりました」

氏直が、背後の十六騎に指示した。ぱっと花が開くように、十六騎が散って、河原の軍勢のところへ行った。

花一揆である。氏直を、総大将とした。

氏直の軍配が動くと、軍勢が動きはじめた。ひとつは陣形を組み、ひとつは横に拡がっている。寄手が、走りはじめた。騎馬は、巧みに動いている。

騎馬のぶつかり合い。徒の突撃。河原は、束の間戦場の喧噪に包まれた。寄手が、押し返される。赤の旗が揺れる。しかし、赤は踏み留まった。騎馬隊を横に回してくる。

床几の尊氏は、膝を打った。

「いまの騎馬の先頭は？」

「長《なが》井《い》藤丸《ふじまる》でございます」

近習にあがって、まだ日が浅い者だった。

馬の乗りこなしがいい。動きに無駄がなかった。しかも、全軍を引っ張るような冴えた動きをする。

「おまえの幼い時のようだ、氏直」

「藤丸は、弓も強いものを引きます。私が幼いころには、ちょっと手に負えなかった強《ごう》弓《きゅう》を」

「ほう。十五、六か？」

「いえ、十三でございます」

近習にあがってくるのは、大抵は十四、五からだった。氏直は、十四の時からだ。いまでは、立派な若武者だった。

花一揆は、近習と、かつて近習であった者たちで構成している。その者たちの従者も入れると、四百を超えるのだ。

十日に一度は、河原や原野で、戦の調練をやった。この中のかなりの部分は、やがて義詮の旗本になる。義詮は十八になっていた。このところ、鎌倉の義詮とは文のやり取りだけで、京に呼んではいない。よく育っていた。鎌倉からの文には、関東一円の情勢のことまで書かれている。少なくとも、直冬よりはずっと出来がいい、と尊氏は思っていた。

三条坊門の直義の屋敷を訪《おとな》うと、直冬は門前で迎え、門外にまで送ってくる。それが、尻尾を振る犬のように、尊氏には見えた。義詮は、ひとり鎌倉にいても、文に弱音などを認《したた》めてはこない。

直冬を、これも自分の息子だ、と思おうとした時期はあった。ふた月と続かなかった。性根が、どこかいやしいと思えてきたのだ。それは、いまも変らない。直義が養子にしなければ、いまごろはどこかの寺にいるはずだ。その価値のないものに情をかける。直義の悪いところだった。情は、かける価値のある者にだけ、かければいいのだ。

「よし、攻守をかえよ」

尊氏が言うと、氏直が再び軍配を振った。藤丸の動きは、やはり機敏だった。

また、河原が喚声に包まれた。

花一揆は、いずれ五百騎にするつもりだった。従者も加えれば、三千近い軍勢になる。

尊氏は、しばらく両軍のぶつかり合いに眼を注いでいた。藤丸が、寄手の先頭に立って、鮮やかな動きをしていた。ただ押すだけではない。退いては、また押す。それがひとりだけ鮮やかに見えるのは、自分の呼吸とぴったり合っているからだ、と尊氏にはわかっていた。

何万という大軍を率いた戦が、実は尊氏は苦手だった。百騎二百騎の懸合いだと、ひとりひとりの呼吸までよくわかる。

勝負がついた。藤丸の動きがよかったからだ、と尊氏は思った。すぐに、遭遇戦の調練に移った。藤丸は、やはり尊氏が動こうと感じる呼吸で動いていた。

「藤丸は、今宵の御寝所の宿直《とのい》でございます。確か、そうなっておりました」

氏直が言った。気が回る。藤丸に夜伽をさせたければ、寝所でひと声かけるだけでいいのだ。

氏直は、月に一度は尊氏の夜伽をする。ほかの近習に夜伽をさせても、女子のような悋《りん》気《き》を見せることもない。より武士らしく、果敢であろうとするだけだ。

一刻ほどの調練が終った。

尊氏は、騎馬の者たちを周囲に集めた。全員が下馬し、膝をついている。こういう汗の匂いに包まれているのが、尊氏は好きだった。生きている、と思える時が過ぎていく。気づいたことを、ひとつずつ尊氏は語っていく。若く猛々しい瞳が、じっと自分を見つめている。

「死ぬことを、恐れるな。しかし、無駄に死ぬことにも意味はない。武士には、死に場所というものがある。それを見過さぬのが、まことの武士というものだ」

尊氏を見つめている藤丸の瞳が、燃えていた。いい眼だ、と尊氏は思った。

「ここは、高橋屋から遠くないな」

床几から腰をあげ、氏直に言った。

「寄られますか？」

「おまえは、花一揆をまとめて戻れ。供は、警固の者たちでいい」

一月の戦で手負った道誉が、祇園に戻ってきていると聞いていた。ずっと、近江で傷を癒していたのだ。伝えられたより、傷は深かったのかもしれない。

警固の者たちが、隊伍を組んだ。花一揆ばかりを、いつもそばに置いてはおかない。警固の者たちの面目もあるし、かつて花一揆にいた者たちも混っているからだ。警固の兵は二百と、師直が決めた。

花一揆が、馬を並べて尊氏を見送った。

季節は肌寒いほどだが、花一揆の若武者の熱気に当てられたように、尊氏の躰は熱かった。

道誉が、京極の館ではなく祇園の高橋屋をなぜ好むのか、尊氏にはわかるような気がした。東山《ひがしやま》に抱かれるようにしてあり、京極と較べるとずっと風雅だった。武士の屋敷がなければ、とげとげしい空気もなくなるのだと、ここへ来てみればよくわかる。

しかし道誉が祇園にいるのは、それだけではないはずだ。祇園社は山門の末社だが、そこに関ることで、山門のどこかの部分と繋がりを持ち、情報をとっているのかもしれない。近江を領してきた佐々木一門は、山門との対立の歴史を多く抱えている。

それに、祇園社を中心にする商人たちがいる。その商人たちを把握すれば、直接京の商人と結びつかなくても、京全体の商業とは関わることができる。つまり、目立たないというわけだ。

近江の領地でも、馬借や湖上の運送業者を傘下に入れ、集まった年貢米は銭に換えて倉に貯めこんでいるのだ。

そういうことを、尊氏は嘆夢に調べさせていた。出雲守護にしてやった。出雲の経営がうまくいっていることも、調べてある。しかし道誉は、抱える軍勢の数をそれほど増やしてはいない。

ほかの大名たちと、生き方が違っていた。

猿楽の一座に援助を与えているのも、尊氏から見れば、面白いことだった。猿楽の一座など、戦の役には立たない。しかし各地をめぐり歩き、民の眼から見たその国の情報は豊富にもたらすはずだ。

若いころ、鎌倉の幕府にともに出仕していたころから、佐々木道誉という男は気になっていた。自分にできないことを、たやすくやってしまうのを、目の当たりに見てきたのだ。あのころから、どこか惹かれていた。直垂の色からして、ほかの武士たちとは違っていたのだ。

高橋屋の前には、道誉が迎えに出ていた。

先触れを出したわけではない。それでもこれぐらいのことはやってしまう男だ。

「躰が冷えてきた。酒を所望だ、道誉」

手綱《たづな》を渡しながら、尊氏は言った。

道誉が、高橋屋の中に導いていく。いつ訪っても、ここは変らない。規模を大きくする気もないようだ。

「紅葉には、いくらか早ようございますが」

茵に腰を降ろすと、道誉が言った。義詮を連れて、紅葉の時季にここへ来たことがある。あれは何年前だっただろう、と尊氏はふと考えた。

「また、花一揆の戦の稽古でございますな」

「あれは、義詮の旗本になる者どもだ。いくら鍛えても、鍛え足りぬ」

「兵は、実戦でございましょう」

「その実戦に、俺はこのところとんと縁がない」

酒肴が運ばれてきた。犬王がやってきて、酌をした。もうひとり、観世丸という青年もやってきた。義詮がいると喜ぶだろう、と尊氏は思った。不思議に、この三人はよく遊んだのだ。しかしもう、青年という歳だった。それだけ、自分が老いたということなのか。

「肩の矢傷はどうだ、道誉」

「傷口はすぐに塞がりましたが、左腕があまり上にあげられぬということが、およそ四、五カ月続きましたかな。ようよう、前と同じように動かせるようになりました」

「老いると、傷が癒えるのにも時がかかる」

「それがしは、老いたつもりはございませんが」

道誉が、孫のような若い娘をそばに置いている、という話も嘆夢から聞かされていた。後醍醐帝はひとりの女性に溺れたというところがあるが、道誉も師直も、馬を替えるように女を替える。

「あまり、出仕はしておらぬようだな」

「喧嘩に巻きこまれると、それがしはなにをしてしまうか自分でもわかりませんのでな」

喧嘩とは、直義と師直のことを言っているのだろう。確かに、周囲の者たちを巻きこんでしまう喧嘩だった。このところ、正月の戦で勝利を収めた師直が、直義を無視することから、諍《いさかい》が起きるようだ。

直義が、引付方で土地の訴訟に裁決を出す。師直は、それが自分に近い人間に不利な裁決だと、守らなくても罰しようとしない。守らせるのは、幕府の軍勢を抱えている師直の仕事だった。

当然ながら、直義は尊氏に訴えてくるが、取り合ってはいなかった。下で決めろと言ってあるだけだ。幼いころから実直でひとつずつものごとを片付けていかなければ気が済まない弟も、兄の気まぐれともつかぬ優柔不断さには馴れていた。

尊氏には、二人の諍を止める気はなかった。行き着くところまで行かせれば、見えてくるものもある、と思っている。吉野から賀名生《あのう》に移った大覚寺統の朝廷には、二人の内訌《ないこう》につけ入る力がいまはない。

「京では、このところ田楽がもてはやされてきたな、道誉」

「芸風も、かつての田楽や猿楽とはずいぶんと変って参りました。それをまた、この犬王や観世丸たちが別のものにまで高めていくでありましょうな。一忠は、そう申しております」

「俺は、どうしても高時《たかとき》殿の田楽狂いを思い出す。鎌倉の幕府は、それで傾いた。なにかを決めねばならぬ時に、いつも高時殿は田楽だった」

「塞ぎの虫より、ましではありませんかな」

尊氏は、一瞬かっとした。北条高時より劣る、と言われたようなものだ。

「口が悪いのう、道誉も」

「ほう、お怒りになりませんか」

「俺を怒らそうとして言ったことに、なぜ怒らなければならん。おまえに乗せられるだけのことではないか」

言ったが、腹の底の煮えは収まらなかった。いつか腹を切らせてやる。そう自分に言い聞かせた。しかし、すぐにそれは冷えてきた。

しばらく、京で流行している田楽の話を聞いた。酒がいくらか入ったところで、道誉は犬王に笛を吹かせ、観世丸に舞わせた。不思議な調和だった。心のささくれも、消えていく。

芸を終えた二人が、平伏し、そのまま退がっていった。

尊氏は、じっと庭に眼をやっていた。血のように、この庭に紅葉が敷きつめられていたことがあった、と思った。血は、いつも流れる。大地は、血を吸うことで新しい命をはぐくんだ。だから、これからも血を吸い続ける。

「どこへ、持っていかれます？」

静かな声で、道誉が言った。直義と師直の諍のことを言っているのだろう、と尊氏は思った。あれは、もう諍というようなものではない。意地のぶつかり合いでもない。お互いに、自分のあるべき姿を賭けている。

そして尊氏は、そのどちらも時には拒み、時には受け入れてきた。

「わからぬのだ、道誉。俺がひと言発すれば、あの二人が大人しくなることはわかっている。そのひと言が、出てこないのだ」

「仕方がありませんな。行き着くところへ、行き着くでありましょう」

「行き着くところとは？」

「それは、上様の肚《はら》の内にあるはず。余人が窺い知れることではありませぬ」

「俺の肚の内か」

自分は、どこへ行き着かせようとしているのか。見えかけていても、見ないようにしているのではないのか。ただの大名同士の争いではない。執政と軍事責任者の争いなのである。この国が、二つに割れた争乱にも発展しかねない。

いまならば、直義をまだ押さえられる。

そう、直義なのだ。師直なら、いくらでも押さえられる。たとえ自分が死んでも、師直が征夷大将軍になることはない。まわりが、それを許しもしない。

直義ならば、征夷大将軍になったとしても、不思議はない。いや、誰もが直義を望むだろう。直義が公正な政事をしてきたことは、誰もが認めているのだ。

直義が征夷大将軍になるのなら、それはそれでいいと思う。しかし、直義の次には誰がなるのか。あの直冬がなるのか。

遠い昔の苦悩が、いまも時々蘇ってくる。

白拍子の腹の中にいると告げられた、自分の子。自分の子なのだろうか、と何度も思った。何人の男にも、身を許した女だ。

尊氏は、女の躰を片手で数えるほどにも知らない。妻の登子と較べて、あの白拍子は明らかに違うものを持っていた。抱き合った尊氏を、自分の中に導きさえしたのだ。あの時の、尊氏の股間にのびてきた手の動き。銭で身を売る女のいやらしさだ。

違うと思いこもうとしても、どうしてもそれが出てきてしまう。

直義は、なぜ直冬を養子にしたのか。あれがなければ、直冬はどこかの寺にいた。直冬のために、寺をひとつ建立してやってもよかったのだ。直義が情さえかけなければ、という思いはいまもある。いや、直義は情をかけただけなのか。

女を抱くことをいとうようになったのも、あの白拍子のせいだった。悪い女ではなかった。ただ、汚れていた。登子にはその汚れはなかったが、それで女に対する思いが変ることもなかった。

「義詮様は、どうしておられます」

道誉の声がした。

「このところ、上洛されてはおられぬようですな」

「義詮は、関東の要だ。見事に成長した。京と鎌倉を押さえておけば、幕府は揺ぐことはない」

「亀若丸様と、そろそろ交代ですかな」

「そうだな。義詮は、四歳の時に倒幕軍の大将となった。そして鎌倉を陥した」

亀若丸は、八歳になっている。登子が産んだ。子を生《な》すために、女を抱くことはできた。それも、登子にかぎられていた。直冬の話題が出ると、登子は悋気を起こす。ほかの女に子を生させようという気は、とても起きなかった。

亀若丸にも、愛情は感じた。登子が産んだというより、自分の子だとはっきりわかるからだ。直冬への愛情だけが、ぽっかりと抜け落ちている。顔を見ていても、自分の息子だと思えることはない。母親だった白拍子の面影ばかりが、眼についてしまうのだった。

「京と鎌倉ですか」

また道誉が言った。

西にはなにもない、と不意に尊氏は思った。あろうことか、直義は直冬を中国探題にしようとしている。強引に、そう言ってきているのだ。西と東を一族で固め、中央に征夷大将軍がいる。それが、直義が考えている国の姿だった。反対する理由がないところで、直義が自分を侵蝕してきている、と尊氏は思う。

「出雲の在地の武士どもを、うまく取りこんだようだな、道誉」

尊氏は話題をかえた。

「守護職をいただいただけでは、なんの意味もありませんのでな」

「名ばかりの守護も多い。わずか数年で出雲を取りこんでしまうとは、さすがよ」

「守護職を召しあげられても、出雲はずっとそれがしのものですな」

在地の武士を、家臣に加えている。そのあたりの手並みは、鮮やかなものだった。

「道誉、俺とおまえの勝負は、まだ続いているのだぞ」

「上様こそ、それをお忘れなく。それがしの愉しみは、それぐらいしかありません。御舎弟と師直殿の諍など、もう面倒でとても関ろうという気にはなれませんな」

「直義に言われて、朝廷との交渉事をよくこなす。師直に言われれば、兵も出す。佐々木道誉は二股をかけている、と世間では言われておるぞ」

「世間とは大袈裟な。保身に汲々としている大名どもだけの噂でございましょう」

「それも、世間であろう」

「上様は、どう考えておられます？」

問い返されて、尊氏は言葉に詰った。道誉は、大名がなすべきことを、有能にこなしているだけだ。二股と言われるのは、将軍である自分が、なにも決めようとしないからだ。

「俺は、将軍であることが、つまらなくなってきた」

「ほう、それはまた」

「帝に任命される。かたちだけのこととは言えな」

「この国に、帝はいらぬと思っておられますか？」

「わからぬ」

「それがしは、いらぬと思いはじめています。もっとも、あるものをなくすというのは、大変なことでございますから、軽々しく口には出しませぬが」

「いま出しておる」

「上様とそれがしの間だけです」

尊氏も、なにか口に出しそうになった。自分が望んでいたのは、天下だった。誰に命じられることもない、頂点だった。考えれば、そう思えてくる。いまは、上を見れば帝がいる。そして多分、それを変えることなどできはしないだろう。

その程度の、天下なのだ。おまけに、いまは帝が二人いる。征夷大将軍が二人になっても、別におかしいことはない。

鎌倉の幕府を倒そうとしていた時、自分はそこまで考えていただろうか。あの倒幕の戦が、もう遠い昔のような気がする。

「たまには、野駈けに付き合わぬか、道誉？」

尊氏は、また話題をかえた。話が、知らぬ間に危険なところに入りこんでいる。それも、道誉にうまく導かれたという気がした。

「いずれ、暖かくなりましたら。それがし、正月まで近江で過すことにいたしました」

なぜ、と言いかけて、尊氏はそれを呑みこんだ。

「もう一度、犬王と観世丸の芸を見せてくれぬか？」

「ならば、それがしの笛で、二人に舞わせましょう」

道誉が声をあげた。

尊氏は、また庭に眼をやった。紅葉まで、あと半月というところか、と思った。

4

直義が、強硬だった。

直冬の中国探題補任《ぶにん》は、師直への巻き返しの決め手だった。すべてをそれに賭けた、という感じがある。昨年の暮から、その強硬さは宥《なだ》め難いものになった。拒絶すれば、直義も執政を辞しかねない。いま直義が辞めれば、同情が集まる。師直がやりすぎていて、足利一門や譜代層の反撥を受けているのだ。

それでも、尊氏は決定を一日のばしにしていた。直義は、いつも理は持っているが、大きな駈け引きをする男ではなかった。扱い方は、誰よりも心得ている。

「なにゆえ、直冬殿を中国探題になさりませぬか？」

ある日、斯波《しば》高経《たかつね》が訪ねてきて言った。

斯波家は足利家に次ぐ一門の名流で、高経は尊氏と同年だった。戦もよくし、一門の声望は高い。直義が、高経のもとに駈けこんだということはあるまい。直義は、あくまで実の兄との談判と考えている。

高経は、多分見かねたのだろう。

「直義の養子になって、あれはいくらかましになりました。それまで、手をかけて育てられなかった。西国を束ねるには、まだ見識が足りぬと思う」

「見識など、探題の職に就いてみなければ、出てくるものではありますまい。まして、御舎弟が付いておられる」

「高経殿、わしの気持もわかってくれ。見識が足りぬということだけでも、あれには自覚させたいのだ。わしが拒み続けた。それで、あれも思うところがあっただろう」

「ならば、いずれは直冬殿を？」

「そのつもりではいる」

「それはいつ？」

「そうだな。あれの器量を、あるところまでは見きわめたい」

直冬の器量など、どうでもよかった。ただ、直義の我慢の限界を見きわめるとは言えなかった。

「わが子なればこそ、厳しくなるものでございますかな。そして御舎弟には兄の実子という気持があって、どうしても甘くなってしまう。ただ、直冬殿も大人になられた、とそれがしは思います」

実子という言葉の不快さを、尊氏はなんとか呑みこんだ。

斯波高経までがそう言ってくるようなら、いずれは直冬を探題にするしかないだろう。それをいつまで引きのばせるかだ、と尊氏は思った。

賀名生の朝廷が、直義に接触を試みた気配がある、と嘆夢が知らせにきた。はっきりしたところはわからない。もしあったとしても、直義ははねつけるはずだ。

あり得ないことではなかった。むこうには、北畠親房という食わせ者がいる。直冬を征夷大将軍に、ということさえ言い出しかねなかった。

潮時か、と尊氏は思った。

直冬を幕府に召し出したのは、桜も過ぎたころだった。

中国の探題に任ずる、と言うと、直冬の顔には喜色が溢れた。控えていた直義も、深く頭を下げた。師直は無表情である。

「ただし、しばらくは長門《ながと》探題と呼ぶ。実績を見て、中国探題の呼称を与えるかどうか考える。それでよいな、直義？」

「はい。直冬も励みになりましょう」

「九州の情勢穏やかならず。長門探題の眼が、中国にだけむいているようでは困るぞ」

「御意。万一、九州で争乱あれば、この直冬、必ず長門で止めてみせまする」

頷き、尊氏は腰をあげた。

自室に戻ってから、どうしようもない自己嫌悪が尊氏を襲った。喜色に溢れた直冬の顔を思い浮かべると、首を落としてやりたいような気分になる。

直冬は、これで義詮と同格に扱われたと思っただろうか。

「命鶴丸」

尊氏は、饗庭氏直を呼んだ。

「藤丸をこれへ。肩が凝った」

「控えております」

氏直は、いつも気を回し過ぎる。ふだんはそれでいいと思っていたが、今日はいくらか不快だった。

「おまえは、もういい」

氏直は、どんな表情も見せなかった。藤丸が姿を現わすと、すぐに平伏して退がった。

藤丸は、躰を固くしていた。伽を命じるのは、これで三度目である。はじめのころは、氏直も躰をふるわせていたものだ。

いまごろ、直冬は勝利感に酔っているだろうか。直義は、ただ理が通ったと思っているだけだろう。師直は、尊氏のくやしさを汲んで、さらに政事に逆らうようなことをやるかもしれない。

いずれにしても、直義と師直のぶつかり合いは、いっそう激しく、複雑なものになっていくはずだ。

「脚を揉んでくれ、藤丸」

藤丸が頭を下げ、膝立ちで近づいてきた。頭の中の直冬の笑った顔を、尊氏は拭い消そうとした。白拍子の、囁く声が聞えてくる。尊氏を導いた、指の動きが蘇ってくる。おぞましい思い出でしかなかった。あの白拍子が、尊氏に心を寄せたことは確かだった。しかし、女の心を欲しいとは、尊氏は思わない。尊氏が欲しいのは、男の心だ。武士らしい武士の、雄々しい心だ。

藤丸は、黙々と尊氏の脚を揉み続けている。指さきの動きが鋭く、ここぞと思ったところには深く刺しこむように入ってくる。もどかしさがないのだ。しかも、痛みになる寸前で止まる。

尊氏は、藤丸の肩のあたりに手をのばした。引き緊《しま》っている。指先を動かすたびに、筋肉が掌の中で盛りあがる。こういう躰に較べれば、女の躰のやわらかさなど、ただ気色が悪いだけだ。

「藤丸、わしは眠るかもしれん」

「お寒くないよう、なにかかけておきます。枕も、用意いたします」

頷き、尊氏は眼を閉じた。掌の中では、快い筋肉の盛りあがりが続いている。

直冬が中国に進発していくと、意外に鬱陶しさは消えた。京にいないと思うだけで、どこか気が楽になっているのかもしれない。

直義と師直のぶつかり合いは、さらに苛烈になっていた。師直が抱えこんでいる武士が訴訟を起こされることが多く、直義が裁決を下しても、遵行されない場合がしばしばあるのだ。遵行させるのは守護の職務だ、と師直は言っているらしい。一応の理屈は通っているが、守護がみんな幕府の裁決を遵行させる力を持っているわけではないことも、また事実なのだった。むしろ、力を持っている守護のもとでは、領地争いは起きていない。

幕府直轄軍を、なんのために師直は組織しているのか、と直義は問い返す。そのくり返しだが、直義と師直が直接語ることはもうないらしい。

直義は、毎日のように尊氏のもとへやってくる。引付方での裁決が遵行されないようだと、幕府の体制そのものが揺れかねないという、もっともな理屈もあまり言わなくなった。激昂しているのである。その怒りは、将軍たる職務を果そうとしない尊氏にもむけられた。同時に直義は憔悴《しようすい》もしていた。一歳違いの弟だが、白髪も多く、自分よりも老《ふ》けこんできたと尊氏は思った。

師直が尊氏のもとにやってくるのは、五日に一度ぐらいのものだ。幕府内の政務の話などはせず、なにかを確かめると、長居もせずに退がっていく。

自分が、師直になにかを確かめさせているのだろう、と尊氏は思った。

花一揆の調練は、相変らず続けた。

馬を駈って戦をするのが、自分には一番合う、とそういう時しみじみと思った。躰を流れている血が、生き返ってくる。

橋勧進の話を聞いたのは、花一揆のひとりからだった。調練が終ったあと、尊氏は円座を組んで話をするのが好きだった。そこで、橋勧進という言葉を聞いたのだ。

四条橋を造るために、四条河原で大規模な田楽興行が行われるという。いま京で評判の田楽法師たちが芸を競うのだという。

「三層、四層の桟敷を造っているそうです。四条橋がかかれば、京の人々は助かります。しかし、誰が考え出したものやら」

道誉の顔を、尊氏はすぐに思い浮かべた。外で誰かが力を持っているとしたら、道誉あたりだという気がする。

「わしも、見てみたいな」

「それは」

氏直が言った。ひとりでは、決められないことだろう。大変な群衆の中に出ていくことになるのだ。

「よい、警固の者たちと話合ってみる」

田楽で、橋がかかるというのも面白いものだ、と尊氏は思った。いままで、そういうことを考えたことはない。

六月十一日が、橋勧進の日だった。

尊氏は、影を三名つけられた。同じ衣裳を持っていて、なにかあった時は素速くそれを着て尊氏の身替りになるというのである。ほかに、警固が三百。うんざりするような話だったが、それでも尊氏は出かけていった。

かなりの数の公家も来ているようだ。驚いたのは、天台座主《てんだいざす》も来ているということだった。それよりさらに尊氏を驚かせたのは、集まってくる人々の数と熱気だった。曇天で、時々雨も落ちてくるが、それを撥ね返すような熱気が溢れていた。

尊氏の桟敷は、第二層の舞台の正面だった。見知った大名や公家の顔も見える。

「はじめに演じられるのは、『恋の立合』でございます。主役の舞い手は一忠と申し、その後の者たちとは格が違います。一忠の名は、あるいはお聞き及びかもしれませんが」

田楽がわかる者を、後ろに侍《はべ》らせていた。耳もとで囁かれるその声が、尊氏にはうるさかった。

一忠は、知っている。高橋屋で笛を聴いたこともある。余計なことを喋られるより、群衆の熱気を感じていたかった。

やがて、一忠の舞いがはじまった。群衆は、水を打ったように静かになった。

優美な舞いである。その優美さの中に、かすかな悲しみが漂っていた。懐しいような、切ないような、奇妙な気分に包まれてくる。それが静けさの中に消えていくと、不意に一忠の動きは激しくなった。束の間の嵐のように、また静けさの中に戻っていく。

いままで、田楽を観たいと思ったことはなかった。田楽だけでなく、舞いなど見たくはなかった。北条高時のことがある。はじめて抱いた女が、白拍子だったということもある。機会はあっても、避けて通ってきたのだ。

舞台が、一忠ひとりだけになった。

それまでと違う気配が、舞台に流れた。手の指の動き、首の動き、躰全体の動き。叫びでも怒りでもなかった。諦め。強いて言えばそうだろう。そのくせ、明るいのだ。諦めていることさえ忘れているような、底抜けの明るさ。

尊氏は、不意に涙ぐみそうになった。そばにいる公家は、泣いている。ところどころから、嗚咽《おえつ》も聞えた。それでも、暗くはなかった。

群衆の深い吐息に見送られるようにして、一忠の舞いは終り、姿が見えなくなった。次に舞台に現われたのは、三人だった。笑いを誘っているが、明らかに一忠とは芸の格が違う。ひとつひとつの動きに、鮮烈なものがないのだ。

袖を引かれた。

道誉だった。付いてこいと、眼で合図をしている。道誉が桟敷にいたことに、尊氏はいままで気づかなかった。

腰をあげ、道誉に付いていった。途中から、十数人がまわりを固めた。連れていかれたのは、舞台の裏だ。

「余計な真似を、いたしたかもしれませぬ。なにとぞ、お許しを」

「なんなのだ？」

「しばらく、こちらにいていただきたい、と一忠が申しております。理由はわかりませぬが、一忠がこんなことを言うのはめずらしく、それがしもそうしていただいた方がよいような気がいたしました」

「そうか」

「お愉しみの邪魔をすることになったかもしれませぬ。咎《とが》は、この一忠に」

「よい。舞台の裏も一興だ」

「上様がおられた席には、影の者をやってあります。雨を避けるための笠を被っておりますので、よほど近くでなければ顔は見えません」

　声をひそめて、道誉が言う。

なにかある。そしていまは、道誉に任せておくしかない。尊氏は、一忠のそばに端座している青年の方に眼をやった。

「観世丸と申したな」

「はい」

「舞うのか？」

「猿の面をつけて、猿になります」

尊氏が笑うと、観世丸も笑い返してきた。犬王より、率直な性格らしい。

「さすがでございますな、上様。この場は、道誉に任せてくださいますか」

「任せよう」

道誉が笑った。舞台では、舞いが続いている。笑い声ではなく、励ますような声があがっていた。群衆は、舞台に魅きつけられてしまっている。

「行って参ります」

観世丸が一度平伏し、それから猿の面をつけた。本物の猿が、立ちあがったように見えた。

観世丸の芸がどういうものか、尊氏のところからは見えなかった。ただ、いままでとは違う反応を、群衆は示していた。一忠の時の反応に似ている。気が、すべて舞台に集中しているようだ。尊氏は、眼を閉じた。

不意に、叫び声があがった。ものの壊れる音もあがった。地が、揺れたような気もする。鎌倉ではよく地震があったが、京でははじめてだった。桟敷の方が、騒然としている。猿の面をつけたまま、観世丸は戻ってきていた。

「桟敷が崩れました。上様がおられたあたりが。どうも、怪我《けが》人が多数出たようで」

四層の桟敷が組まれているところだった。崩れたのなら、怪我人だけでは済まないだろう。まず、それを考えた。自分の命を狙ったものかもしれない、と次に思った。

「警固の者たちは来ております。上様は速やかにお帰りを」

「そうしよう」

自分がいると、混乱が大きくなるだけだ、と尊氏は思った。道誉も、轡《くつわ》を並べてきた。駈けるようにして、四条河原の混乱を抜けた。

「一忠が、上様の桟敷の下の柱のところにいる者どもを気にいたしまして。芸に気をむけていない者は、舞台からすぐにわかるようですな」

「やはり、命を狙われたか」

「多分。客に紛れている者どもを捕えることは、難しいと思います。怪我人を先に救わなければなりませんし」

「それでよい。しかし、勧進元はおまえだったのか、道誉？」

「それがしは、本座、新座の手助けをしただけです」

「おまえがいなければ、橋勧進はできなかったのだろうな」

「橋など、幕府がかければいいのだと、それがしは思いますがな。どうせ、戦になれば焼き落とされます」

「皮肉か？」

「なんの。歴史が、そう語っております」

道誉が、声をあげて笑った。


嘆夢が現われたのは、その夜だった。

「桟敷の柱と横木は、籐《とう》でしっかりと縛ってあり、たやすく切れるようなものではありません。刃物で切った痕を、いくつか見つけました。上様がおられたところから、左右に二本ずつの柱が、最初に倒れております」

「あれだけの人がいた。一本倒れても次々に崩れていっただろう」

尊氏と同じ衣裳をつけていた影は、首の骨を折って死んでいた。落ちた時にそうなったのか、人の手によるものかはわからない。まわりの人間の怪我は軽かったようだ。

誰が殺そうとしてきたのか、尊氏は無理に知ろうとは思わなかった。自分を殺したがっている人間は、いくらでもいるだろう。

それより、自分が死んだら誰が征夷大将軍になるのだ、と思った。義詮がなれるのか。それとも、直義に人心が集まってしまうのか。

「詳しく探索することはない」

「しかし」

「運を試すのも、悪くないものだ。四条河原での運は、まだわしにあった」

「刺客の警戒だけは、怠らぬようにいたします」

嘆夢の姿が消えた。

翌日、直義がやってきた。

「兄上が、あそこにおられたですと？」

直義は、尊氏が田楽の見物に行ったことも知らなかったようだ。注進した者がいないのだろう。師直は、すぐに駈けつけてきた。

「お怪我がなかったからいいようなものの、田楽などこれからは慎んでいただかなければなりません」

直義には、愉しみというものがなにもない。酒すら、あまり飲まないのだ。

「なにか、話があったのではないのか？」

見舞を言って退がろうとした直義を、尊氏の方が呼び止めた。

「後日」

「言っていけ。俺は怪我をしたわけではない」

「そうですか」

直義が、座り直した。

「師直を、兄上の執事より罷免してください」

「ほう」

「もともと、足利家の家僕のはず。一門の者たちよりも力を持っているというのは、おかしな話ではありませんか。このところ、師直のやり方は眼に余ります」

「まあ、待て」

宥めようとしたが、直義はそれだけ言うと退がっていった。

師直罷免の談判は、それからもくり返された。

ひと月ほどそれが続くと、尊氏も潮時か、と考えはじめた。確かに、師直は力を持ち過ぎている。四条畷の戦の時から特にそうだ。力を持った分だけ、一門の反撥も大きくなっていた。

「おまえには、辞めて貰おうと思う」

師直ひとりを呼んで、尊氏は言った。

「そうでございますか」

師直の顔には、むしろほっとした表情が浮かんでいた。尊氏には、それが読めた。師直も、尊氏の細かい表情まで読む。

「直義様は、執政をお辞めにはならないのですな」

「直義は、辞めぬ」

「わかりました」

「よく、考えてみてくれ」

「はい」

なにを、と師直は訊いてこない。尊氏も、それ以上は言わなかった。

尊氏が潮時だと思ったのは、直義が師直排斥のために朝廷を動かそうとする動きまで見せたこともあった。事実、動かしている、という嘆夢の報告もあった。一門の中で、上杉重能《しげよし》、畠山直宗《はたけやまただむね》が活発に動いている。

師直は、いつも尊氏の気持を汲んで動いてきた。いままでも、そうだったのだろう。直義と対立を続けるのは、師直にとっても気の重いことだったのかもしれない。

師直の罷免を、翌日直義に告げた。

「後任は、誰でございますか？」

「師世《もろよ》を考えている」

「また、高一族から」

師世は、師直の甥に当たる。ぶつかり合ったところで、直義の相手ではなかった。

「師直とは、ずっと生死を共にしてきました。だから兄上のお気持はよくわかります。しかしもう、高一族の執事では、一門の者たちが納得いたしません」

師泰は、侍所《さむらいどころ》の頭人である。兄弟で権勢を欲しいままにしている、と一門には映っただろう。

「無理を申すな、直義」

「無理でしょうか。師直は、主筋であるべきそれがしにも、ほとんど公然と逆らったのでございますよ。兄上が許さぬとひと言いわれればよいのです」

「罷免しただけでは、足りぬと言うか？」

「筋を通すならば、師直に罰を与えてしかるべきです」

「なにもかも筋を通せばよい、というものでもないぞ、直義」

「筋は通すべきでありましょう」

「筋が通らなくておまえは困り果て、筋を通さぬ男を、朝廷との交渉に使っているではないか」

「佐々木道誉は」

「あの男は、自分の筋しか通さぬ。それは、おまえの筋とは違うはずだ。それでもおまえは、道誉を使わざるを得なかった」

「確かに、そうですが」

「師直に対してだけ、おまえはいくらか頑《かたくな》ではないか？」

「もしそうなら、師直がそうしたのです」

「もうよい。とにかく、後任は師世だ。決めたことだぞ、直義」

師世の背後で、師直が操る。直義はそれを警戒しているのだろう。

これから先、どう動くのか尊氏にも読めなかった。ただ、幕府は毀《こわ》れていく。少しずつ毀れていく。それはそれでいいのだ。毀れたところには、また新しいものが作れる。

石《いわし》清水八幡《みずはちまん》で、鳴動が熄《や》まないという報告が入ったのは、それからしばらくしてからだった。山門でも、杉が倒れたり、竹が枯れたりしているという。地震がくる、と言う者もいた。

京も毀れていく、と尊氏は思った。そう思うと、どこか小気味よくもあった。

第八章　騒擾やまず

1

京は、うっとうしい季節だった。

蒸暑く、時に豪雨に襲われる。こういう日が十数日続き、やがて晴れた酷暑の日々がやってくる。

「雨も、あと四、五日というところですかな。御政道の豪雨は、そういうわけにもいかぬようだが」

勧修寺経顕は、このところしばしば高橋屋にやってきた。一忠の笛が、ひどく気に入ったのである。それに連歌が好きで、一忠や犬王や観世丸も加え、百句にいたるまで続けることをよくやった。発句《ほっく》は、大抵は経顕が用意してくる。

連歌にひとしきり興じ、一忠も入れた三人で酒をはじめたところだった。犬王と観世丸は、酒席では退《さ》がらせる。

「御舎弟は、また五百もの軍勢を率いて、奏上に出向かれたそうですな」

「それも、ものものしい武具よ。道誉殿の真似であろうが、やるとなるとあの男は極端すぎるな。公家は、ただ怯えているだけだ」

「猿楽は、まだはじまったばかりというわけか」

「猿楽にもなっておりませぬ。このままでは、また戦でございましょう。都の民も、ようやく平穏を取り戻したところなのに」

一忠の言い方は、かすかに笑みが含まれているようだった。この男は、もう嘆きもしない。嘆きなど無意味だと知っているからだ。諦めて、諦めのその先にこそ、自分の芸があると思っている。戦のたびに逃げ惑う民が、ほんとうは一番強いのだということも知っている。

「さて、高師直がどう出るかだな」

経顕は、状況を愉しんでいるようにも見えた。皮肉が、態度にもやり方にも出る。それで武士をふり回しながら、平然としている。経顕もまた、ある諦めの中にいるのだ、と道誉は思っていた。

師直を尊氏の執事から解任させることで、直義と師直のせめぎ合いは終りはしなかった。直義は、高一族そのものを幕府から排除しようとしているし、師直は新しい執事となった甥の師世を操り、これまでの専横を改めようとしていない。

尊氏はなにを考えているのか。それを言い出す者はいなかった。二人のせめぎ合いの中で、影が薄くなったという感じだけがある。

なにも考えず、ただ成行にまかせる。尊氏がしばしばそういう態度をとることは、道誉にはわかっていた。決定的な事態という時に、そういうことが多い。そのくせ、心の底には、自分がやりたいことをきちんと思い描いている。気力に大きな波があるとしか思えない時もあれば、きわめて狡猾にしか見えない時もある。

「こういう世にこそ、芸が必要なのかな、一忠？」

「なんの。どういう世であれ、民は芸を愉しむ心を持っております」

「芸が救いと言わぬところがよいのう、一忠は」

「人を救えるほどの者が、芸などはやりますまい。また、それでは芸になりませぬ」

「経顕卿は、芸をどう御覧になるのかな。やはり、下賤な技か」

「いや」

経顕は、それ以上なにも言わなかった。猿楽も田楽も芸ならば、公家の立回りも、武士の戦も芸。道誉は、そう思っていた。

二人が去っても、道誉はしばらくその場を動かなかった。連歌のことを考えていたのである。経顕は、このところ連歌で意思を伝えてくることが多い。経顕の連歌の中には、動乱を喜ぶ気配があった。

京にいる軍勢の動きが慌しいという注進が入ったのは、それから数日経ってからだった。五百の軍勢が動けば、慌しくなる。道誉にはそれがわかっていた。ほんとうになにか起きるのは、五千の軍勢が動いた時である。

高橋屋でのんびりと暮す道誉に、羽山忠信は馴《な》れてしまったようだ。軍勢を京に集めろとも言わない。

近江にいる姫橋道円は、よく領内をまとめていた。その時が来れば、八千の軍勢を即座に京に送りこめるはずだ。兵站《へいたん》は、神保俊氏がやる。出雲には、吉田厳覚がいる。道誉自身が直接やらなければならないことは、あまりないのだった。

このところ、直義から朝廷との折衝の依頼もなかった。直義自身が政事の統轄者として、それをやりはじめたのである。なにか別の意図もあるのだろう、と道誉は思っていた。

勧修寺経顕からの知らせで、やがてそれがなんであるかもわかった。

直義は、高師直討伐の勅許を得ようとしているのである。将軍の弟と家臣の争いを、天下政道の争いにしようというつもりなのだろう。直義の性格を考えれば、ありそうなことだった。直義にとって師直は、正しい政事を妨げる存在と映っている。それを見ようとしない兄に対する、歯痒さもあるに違いない。

師直が、わずかな供回りで高橋屋を訪《おとな》ってきたのは、夏の盛りの夜だった。

「めずらしいな。師直殿は行先を間違えられたのではないのか」

「皮肉は言われるな」

師直が苦笑した。いまだに、公家の娘の家に夜中に押しかけることは、しばしばあるという噂だった。

道誉は、宿直《とのい》の従者に酒を命じた。灯芯が、じりじりと燃える音がした。庭の虫の音より、その方がずっと大きく耳障りだった。師直は、やつれている。この剛毅な男が、と思うほど頬が削げている。

直義の朝廷での動きを探りにきたのかもしれない、と道誉は思った。執事を罷免されてから、そういう情報は入りにくくなっているだろう。

酒を飲むと、師直はかつての倒幕戦の話をはじめた。尊氏が天下を掌握するまで、何度の死地を潜《くぐ》り抜けたか、懐かしむように語り続けている。世に言われるほど、師直はばさらではなかった。むしろ、尊氏への忠義に生きてきたと言ってもいい。いくらか離れたところから見ていると、それがわかる。

「ところで、師直殿。それがしに御用件がおありなのではないのか？」

「別に」

「ほう。上様の執事をやめられてから、無聊《ぶりょう》を持て余されてでも？」

「変りませんな、前と。師世が何事につけ指図を仰ぎにくるので、かえって煩雑になったほどです。また、わしもいらぬ指図をするので、御舎弟の気に障ってもいるらしい」

「それを気にされる師直殿とも思えぬが」

「御舎弟は御舎弟ですよ。この師直、足利尊氏の家臣ではあっても、御舎弟の家臣ではない。御舎弟がどう思われるより、主君の心の中の方が大事です」

「上様の心の中とは？」

「それは、わしがわしなりに感じること。他人に言うようなことではない、と思う」

「ならば、はじめから言われぬことだ」

「まったくだ」

師直は笑い、盃を干した。

道誉は、従者を呼んで新しい酒を命じた。いつもの師直ではなかった。酒を切りあげようともしない。

「橋勧進では、上様が狙われたのかな、道誉殿？」

「どうかな。狙ったとすれば、楠木の残党か、あるいは北畠親房の意を受けたものか。いずれにしても、あの騒ぎでは確かめることも難しい」

「御舎弟ということは？」

意表を衝かれ、道誉は盃にのばしかけた手を止めた。あり得ることかどうか、とっさに判断はできなかった。ただ、師直がそう考えているということは、尊氏がそう考えていることだ、と道誉は思った。

「いや、戯れ言を申しましたかな」

「橋勧進で、桟敷の柱を縛った籐が切られていたことは確か。上様の影がひとり、死んだのも確か。上様を狙ったということは、充分に考えられる」

「しかし、わからぬ。誰がという穿鑿《せんさく》はやめた方がよいな」

「御舎弟がなあ」

「だから、戯れ言と申したでしょう。いや、道誉殿の前で戯れ言は慎むべきであったかな」

「わしは、戯れ言は嫌いではありませんでな。戯れ言などの方が、人の気持を現わしていることもある」

「忘れて貰えぬか、いまのことは」

「たってと言われれば」

従者が二人、酒肴を運んできた。師直は、抑える気配もなく飲み続けた。道誉はふと、楠木正成がここへ訪ねてきた時のことを思い出した。あれは、尊氏が九州へ落ちている間のことだ。後醍醐帝と尊氏の間を取りもってくれと、正成は言ったのだった。この国に、帝というものが必要なのだ、とも言った。

しかし道誉には、正成がなぜ訪ねてきたのか、ほんとうのところは読めなかった。読めないまま、あの時の正成の姿をよく思い出す。道誉の笛を、庭の岩に腰を降ろして聴いていた姿だ。

「道誉殿は、御舎弟の政事をどう思われる？」

「また、御舎弟の話か」

「公正すぎる、とわしは思う。公正なのはいいことだが、どこかで人間らしさを欠いてしまうのではあるまいか？」

政事に私情はさしはさまない。これが、はじめからの直義の態度だった。その峻烈さは、尊氏あってのものだ、と道誉は思っていた。尊氏のところへあがると、峻烈さが曖昧なもので包まれてしまう。でなければ、息苦しいだけの政事になっただろう。

「いや、御舎弟の悪口を言いに、ここへ来たのではなかった。悪口を言うことで、御舎弟は悪いとわしは自分に思いこませようとしているのかもしれん」

「もうよせ、師直殿」

「そうだな」

苦笑し、師直は酒に手をのばした。

いつまでも、師直は本題を切り出す気配がなかった。新しい酒を、また運ばせた。師直に、酔った気配はなかった。

「義詮様を頼む、道誉殿」

不意に、師直が茵《しとね》に手をついた。それが本題だと、道誉は思わなかった。

「どういう意味だ、師直殿？」

「義詮様を頼むのは、道誉殿をおいてほかにはないような気がしてな」

「次代の将軍ではないか。いまは、将軍は健在だ。なにもされぬが、一応健在だと言っても構うまい」

「もとより。しかし、やがて義詮様の代になる」

「わしは、上様よりだいぶ歳上だぞ」

「それでも、道誉殿に頼むしかないのだ。一門を見渡しても、わが身大事の者ばかりだ。

そうでなければ、愚直なだけがとり柄で」

なぜ頼むのか、理由は言わなかった。ただ頼むという言葉を、何度かくり返した。

道誉は、それ以上なにも訊かなかった。師直の表情が、妙に切迫したものに感じられたからだ。不意に、また正成の姿を思い浮かべた。正成に、切迫したものがあったわけではない。静かな、諦めにも似たものがあっただけだ。

師直が腰をあげたのは、深夜だった。

「武士のありようは、さまざまだ。領地を守って死ぬのも武士」

それから先を、師直は言わなかった。供回りは六騎だけで、その姿が闇に呑みこまれるまで、道誉は見送っていた。


異変は、それから数日後に起きた。

師直が、兵を動かしたのである。しかも土御門《つちみかど》高倉《たかくら》の、完成したばかりの尊氏の邸《やしき》を囲んでいるという。

「高師直は、乱心でございますぞ、殿」

「まあ待て、忠信。いずれ、もっとはっきりと見えてくるはずだ」

なんのために尊氏の邸を囲んだのか、ということもすぐにわかった。直義が、小人数でそこへ逃げこんだのである。

弟が兄のところへ逃げこんだ。当たり前のことのようだが、囲んでいるのはその兄の家臣である。おかしなことになってきた、と道誉は思った。直義は、逃げこむ場所を間違ったのではないのか。

京では、なおも軍勢が動いていたが、高橋屋は静かなものだった。道誉は、京極の館にいる秀綱に動くなと命じただけで、ほかの下知《げち》は出さなかった。

「高師直は、上杉重能、畠山直宗の身柄を渡せ、と迫っているようです」

忠信は、独断で物見を出したようだ。

身柄を求められている二人は、直義と非常に近い。つまりは直義の身柄を渡せ、と言っていることと同じだった。それに屈して直義を差し出せば、尊氏は天下の笑いものだろう。できるはずがないとすれば、直義は逃げこむ場所を間違ってはいなかったということになるのか。

師直は、追いつめられたからこんな真似をしたのか。それとも別なことを考えているのか。

底にあるものがなんなのか、道誉は見極めようとした。

軍勢の数まで伝わってきた。師直は実に八千近い兵を、即座に動員していた。それに対し、直義を守ろうと集まった軍勢は、千数百に過ぎないという。

「いいのですか、殿。このまま手を拱《こまね》いているのですか？」

「わしにどうしろと言うのだ、忠信？」

「たとえば、殿が軍勢を率いられて、両者の間に入り、言い分をじっくり聞かれたらどうでしょうか。殿は、御舎弟とも高師直とも親しくされておられます。殿をおいてほかに、それができる人物はいないような気もいたしますが」

「いる」

「誰でございますか？」

「そんなことはどうでもいい。忠信、わしはここを動く気はないぞ。見物じゃ。これにはどうもいやな匂いがする。しすぎる。なんだかはっきりはわからぬがな。それがわからぬかぎり、軽々に動くことはならん」

「大方の大名は、そうするでありましょうが」

師直が即座に大軍を集められたのは、幕府直轄《ちょっかつ》軍をいまだに掌握していたからだろう、と道誉は思った。それに対し、直義が動かせる軍勢は守護のものが多く、まず地方から集めなければならない。

「わしは大方の大名だ、忠信」

道誉は笑った。

尊氏が出てきて師直と談判をはじめたという知らせが入ったのは、軍勢が土御門高倉の邸を囲んで二刻ほど経ってからだ。

家臣から恥辱を受けるのは耐え難く、兄弟そろって斬死にする。そういう尊氏の言葉が、師直を談判に応じさせたという。

これで結着はついたようなものだった。

道誉は、居室に入った。蒸暑く、しかも空気にいやな匂いが満ちているような気がした。一枝に風を送らせながらしばらく書見をし、横になった。

「いるのか？」

黒夜叉に呼びかけた。返事の代りに、板戸が音もなく閉じられた。

「はじめからだ、黒夜叉」

「足利直義が、軍勢を八百ほど集めました。いつもの参内《さんだい》の時の軍勢とは容子《ようす》が違い、あるいは高師直を討つ気だったのかもしれません。しかしその時、三条坊門の直義邸には高師直の軍勢が五千ほど押し寄せておりました。すぐに直義は逃げ」

「待て。たやすく逃げられるような攻めを、師直はやったのか？」

「はい。土御門高倉の尊氏邸まで、巧妙に追いあげました」

「黒夜叉、予断を持って語ってはならぬぞ」

「見た通りを語っております。尊氏邸の包囲の方は、見事なほど隙は見えませんでした」

「わかった」

「あとは、殿が御存知の通りで、二刻ほどのちに、尊氏と師直の談判がはじまりました。上杉重能、畠山直宗の二名は、師直の要求を撥ねのけて、流罪。足利直義は政事の統轄者の立場を退き、足利義詮がそれに代る。ただし、直義はその後見」

「義詮か」

まだ十八か十九のはずだ。ひとりでは、なにもできはしない。師直が義詮を頼むと言ったのは、こういう意味だったのか。しかし、尊氏がいる。

「師直は？」

「元の執事に戻るそうです」

「やはり、いやな匂いがするのう」

「御意」

「尊氏と師直の談合はあった、とおまえは思うか？」

「この眼で見、この耳で聞いたことしか、私は信じません」

尊氏と師直なら、談合しなくても通じ合ったかもしれない。

尊氏が恐れていることが、ひとつわかった。直義のあとを、中国の直冬が襲うということだ。そのためには、直義をいまの地位に置いておかないことだろう。

師直は、そういう尊氏の意思を読んで、行動した。しかし、どこまでやる気なのか。義詮が政事の統轄者になるだけでは駄目なのか。直義の力のすべてを奪うために、師直はさらに走ろうとするのか。

その答は、すぐにでた。越前に流される途中の上杉重能、畠山直宗が、斬られた。続いてすぐに、尊氏が中国にいる直冬にむけて討伐の軍勢をだした。直冬は、素速く九州に逃げ去ったという。

それから、師直は直義を裸にしはじめる。つまり、幕府の要職を占めている直義派の武将を、次々に罷免しはじめたのだ。それに対し、直義は尊氏に執拗に抵抗したようだが、まったく受け入れられはしなかった。尊氏の次男基氏《もとうじ》が、鎌倉に下向した。義詮との交替であることは、誰の眼にも明らかだった。

直義は、三条坊門の邸を追われ、錦小路堀川の、細川顕氏の邸に移った。

義詮が上洛してきたのは、秋も深くなったころだ。直義が出家した、という噂が高橋屋にも聞えてきた。

師直と直義のせめぎ合いだった。しかし、経過を辿れば、実は尊氏と直義のせめぎ合いだったのだ。直義は、真の相手が実の兄であることに気づいていなかった、と道誉は思った。

　これで、直義も気づいただろう。気づいた直義がどうするのか、それはまだ見えてこなかった。直義についている、と思える大名の数は、少なくないのだ。

2

　義詮に政務を教えこむのが、ひと仕事だった。引付衆を強化するだけで、事足りるものではなかった。ひとつひとつ教えていかなければならないのだ。

　朝廷との交渉は、道誉に任せた。それができたので、かなり助かった。師直や師泰では、まとまる話もまとまらなくなる。やがて義詮は、朝廷から将軍宣下《せんげ》を受けなければならないのだ。義詮と朝廷の間は、関係を滑らかにしておきたい。

　そうしているうちに、九州の直冬が力をつけてきた。直義の養子というより、尊氏の実子という立場が九州の武士を動かしているのは、尊氏にとっては皮肉だった。歯噛みするような思いも襲ってくる。

　尊氏はついに、直冬討伐の軍勢を組織し、師泰を向わせることにした。直冬は、中国にかなりの地盤を築いた。直冬討伐と言っても、九州に下向するだけでなく、中国での抵抗を破らなければならない。

尊氏が予想した通り、師泰は石見《いわみ》でかなり強い抵抗に遭い、進軍は停止した。

その間に、九州の情勢が急変した。少弐、大友《おおとも》が直冬につき、実に九州の半分以上を直冬はその勢力下に置いたのである。特に、少弐頼尚の離反が、尊氏には衝撃だった。尊氏が九州に落ちた折りに、支えたのが少弐頼尚だった。いま尊氏があるのも、少弐頼尚がいたからと言っても過言ではない。

少弐の離反の理由は、尊氏にはよくわかった。九州から再び京へ攻め上る時に、九州探題として、一門の一色範氏を残してきたのである。われこそは九州の覇者という自負を持っていた少弐頼尚には、受け入れ難いことだっただろう。ただ、直冬が九州へ行くことまで尊氏は考えず、やがて頼尚も受け入れるだろうと、安易に考えていたのだった。

「思わぬところから、破れるものだな」

師直と二人きりになった時に、尊氏はそう言った。なんのことだか、師直は訊き返してこなかった。

「しかし、頼尚がなあ。やはり、紀伊《きい》の戦であろうか」

四条畷《しじょうなわて》の戦のあと、直冬を紀伊で転戦させた。その時戦の補佐をしていたのが、少弐頼尚だった。なにか、直冬と通じるところがあったのかもしれない。直冬の出陣は、直義の強い希望で、負けて死ねというような気分で尊氏も同意したのだった。

「九州を鎮定して、直冬を滅ぼす。それには師泰だけでなく、わしが行かねばなるまい」

「上様が、直々《じきじき》にでございますか」

「わしが行けば、少弐も大友も逆らえはしまい。ここは、わしでなければならぬのだ。早々に軍勢を整えよ、師直。京は、義詮に任せておけばよい」

師直は、床に両手をつき、出ていった。このところ、師直には精気がなかった。幕府の中で、直義の息のかかった者を追い払うのも、決めたものを決めた通りにやる、という感じだった。土御門高倉の新邸を囲み、尊氏、直義兄弟に弓矢をむけたということに、師直はどこかこだわっているのかもしれない。昔から、師直には主家という意識が強くあった。

尊氏の出陣の準備は、滞りなく進んだ。

「なんと、直義が？」

明日は出陣という日だった。早朝、尊氏の寝所へ嘆夢が現われて、直義の出奔を告げた。

「うぬの手で、止められなかったのか？」

「三十名ほどの忍びが、守っておりました。これまで、忍びの姿を見ることはなかったのですが」

直義も、忍びが必要だということが、ようやくわかったのだろう。

やがて師直がやってきて、出陣をのばすように説得をはじめたが、尊氏は受け入れなかった。自分は、征夷大将軍である。その自分が出陣するのに、ほかの大名が遮る真似をするわけがない、と尊氏は思った。

進発の予定は変えなかった。

尊氏は備前まで進んだが、そこで軍を止めた。尊氏に離反する大名が、続出したのである。さすがに、京の義詮が心配になった。

さまざまな流言が飛んだ。尊氏の方からも飛ばし、直義の方から出たものだと思われるものもあった。

尊氏は惑わされなかったが、ひとつだけ心に突き刺さってきたものがあった。直義が、賀名生《あのう》の朝廷と和議を計っている、という噂だった。嘆夢が調べたが、噂だけとは言えないものがあった。もしそうなれば、直義は錦旗を手にすることになる。

情勢を見誤っているつもりはなかった。

直義は、九州で直冬が少弐や大友を味方につけるのを待って、京を出奔し、師直討伐の兵を挙げたのである。直義と直冬は、呼応していた。

直義の挙兵の性格だが、あくまで師直討伐であり、尊氏を倒すためのものではなかった。

その方が、武士を集めやすかったのだろう。師直は、ずっと憎まれ役を演じてきた。こうなると、師直が邪魔に感じられる。しかし、師直が率いる幕府直轄軍を手放せる状態ではなかった。石見にいた師泰も合流してきて、高一族の軍勢は尊氏軍の中核をなすまでになっている。

京の義詮からは、敵が迫っているという注進が何度もくり返し届いた。

そして年も押しつまったころ、直義と賀名生の朝廷がなんらかの合意に達したことが明らかになった。石塔頼房《よりふさ》が八幡に入ったという注進を義詮から受けた時、尊氏はついに反転を決意した。

年が明けると、情勢はさらに激しく動いた。

まず五日、北陸の桃井直常が近江坂本にまで進出し、京を窺いはじめた。七日に、尊氏は摂津《せっつ》瀬川《せがわ》まで進んだが、その日直義も八幡の石塔頼房に合流し、そこを本陣とした。

征夷大将軍が進軍するのだ、という気概を尊氏は失わなかった。逆に声もないのが、師直、師泰兄弟だった。三日かけ、尊氏は山崎まで進み、直義の軍と対峙した。

直義の軍から自分の方へ靡《なび》いてくる武士が多いはずだ、と尊氏は読んでいたが、現実には尊氏の方から直義の陣に走る武士が続出した。なにかが違う、と尊氏は感じはじめた。征夷大将軍である自分に、武士が従おうとしていない。

桃井直常の一隊が、叡山から雲母《きらら》坂を下って京に侵入した、という注進が入った。
それから二日後、京の義詮が、わずかな供回りだけで尊氏の陣に駈けこんできた。持明院統の光厳上皇や光明上皇の身柄さえ、義詮は確保していなかった。

「なんのために、おまえは京にいた」

尊氏が声を荒げると、義詮はうつむいて黙りこんだ。二、三年前なら、泣いただろう。いまは、さすがに涙は見せない。武将の離反がこうも相次ぐようでは、義詮の京脱出も仕方がないことかもしれなかった。

とにかく、京は大変な騒ぎになっているという。放火があり、京で形勢を観望していた武将たちの軍勢が駈け、略奪が起きたりもしているようだった。

義詮が脱出したのを見透したように、まず桃井直常が京に入った。呼応するように、八幡の直義の軍も動いた。

尊氏も、二万の全軍を率いて京へ入った。山名時氏、斯波高経、佐々木氏頼など、形勢を見ていた武将はみんな直義側に走った。

四条河原で、尊氏は全軍を直義軍にぶつけた。敵の前線は、細川顕氏、桃井直常であり、その中央に直義がいた。ともに本陣は、二ツ引両の旗である。

はじめは直義の軍を断ち割ったが、包みこまれ、徐々に押された。数が違うのだ。その上、尊氏の軍の戦線からは、脱落する者がかなり出た。

征夷大将軍は、なんの役にも立たなかった。一万ほどの兵をまとめ、尊氏はひとまず丹波に退いた。集まってくる武士は、やはりほとんどいない。丹波から播磨へ走り、盛んに流言を流したりしたが、なんの効果もなかった。兵庫に出た。打出浜《うちではま》で、直義の先鋒である畠山国清《くにきよ》、石塔頼房とぶつかった。軍勢の勢いが較べものにならない。すぐに崩された。

尊氏は、まず饗庭氏直の花一揆を湊川まで退げて堅陣を敷かせ、それから全軍をその後ろでまとめた。師直も師泰も、かなりの手傷を受けている。

「源氏の白旗を揚げよ。征夷大将軍の軍勢であることを、石塔らに教えてやれ」

源氏の旗が、どれほど効果があるものかわからなかった。とにかく掲げてみただけである。押し寄せる構えだった敵の先鋒が、気を呑まれたように動きを止めた。

こうなれば、膠着である。白旗を攻めるべきかどうか、直義の下知を仰ぐだろう。目まぐるしいほどの戦だった。そして、負け続けた。しかし、負け続けたのは今度ばかりではない。どこかで直義を打ち破れば、武士たちは自分が征夷大将軍であることを思い出すだろう、と尊氏は考えていた。

なんの根拠もなく、勝てると思っているわけではなかった。関東に、高師冬がいる。五、六万の軍勢を送ってくるのは、難しいことではないだろう。その時に、逆転できる。

しかし、考えている内に、その望みも断たれた。師冬の自刃を、嘆夢が伝えにきたのである。師直派と直義派の対立は、なにも京だけではなかった。そして直義は、九州の直冬と呼応しただけでなく、上野《こうずけ》の上杉憲顕《のりあき》とも呼応していたのだった。詳しいことはわからなかったが、血夢は関東を探っていたらしい。

「師冬が死んだ」

師直と師泰を呼び、尊氏は言った。師直の表情は、ほとんど動かなかった。師直は腿に、師泰は全身に傷を負っている。

「さて、どうしたものかのう」

「上様は、どうされたいのです？」

「ここで、兵が集まるのを待とうと思う」

「ならば、この師直に異存はございません」

義詮は、疲れきったのか、床几でじっとうつむいているだけだ。

師直と眼が合った。死ね、師直。尊氏は、それだけを眼で語りかけた。師直が頷いたような気がした。直義は、師直討伐の兵を挙げたのだ。師直が死ねば、ここはなんとかしのげる。

「心配いたすな。おまえたち二人の命は、この尊氏がその名にかけて守ってやる」

「ありがたきことですが、われらのことは気になされませぬように。戦で働き、戦で死ぬのが、われらの使命でございました。次の戦では、華々しく散って御覧に入れます」

「待つのだ、とにかく」

軍議を開くこともしなかった。

去っていく武士はいても、新たに加わってくる武士はいない。

師直を死なせればなんとかなる、と考えた時から、尊氏はまずなにをなすべきか思いをめぐらせはじめていた。とにかく、京へ戻ることである。ぎりぎりのせめぎ合いになった時、直義には甘さが出る。情にも負けてしまう。ふだんの、峻烈で容赦のないやり方からは想像できない、どうにもならない脆さを見せることがあるのだ。幼い時から、そういうところはあった。

その夜、尊氏は饗庭氏直ひとりだけをそばに呼んだ。花一揆はさすがにまとまっていて、脱落した者はいない。

「八幡の直義の陣へ行け、命鶴丸。講和だ。いつまでも兄弟で争っていても仕方あるまい。わしがそう申したと伝えよ。それにもともと、これは直義と師直の争いである」

「講和の条件を、お聞かせいただけますか？」

「師直と師泰の助命」

「それは」

「一応はそういうことだ。二人を死なせるという前提で、わしが講和をすることなどできぬ。講和のあとは、直義の心のままにすることを許す」

「そのまま、御舎弟様にお伝えしてもよろしゅうございますか？」

「まず、伝えよ。あとは、おまえの裁量だ。わしが征夷大将軍として京へ戻る。そのことひとつだけを忘れなければよい」

「かしこまりました」

「すぐに行け。味方にも悟られてはならぬ。夜陰に紛れてひそかに行くのだ」

ひとりになると、尊氏は天を仰いだ。陣幕こそわずかにあるが、床几すらもなく、尊氏は土に腰を降ろしていた。

負けた。そう思った。しかし、ほんとうに負けてはいない。戦の勝ち負けだけが、勝敗ではない。後醍醐帝が政事をはじめた時から、強くそう思うようになった。勝敗は、もっと別の、人知の及ばないところにある。

饗庭氏直の交渉は、もとより一度では済まなかった。直義は、師直、師泰の処断を主張し、尊氏はまずそれを拒否した。征夷大将軍としての体面がある。

氏直は、またひとりで直義の陣へ行った。ひとりと言っても、嘆夢、血夢がわからないように警固はしている。交渉をうまく運ぶには、氏直は必要な存在だった。

　氏直は、都合三度往復した。

　どちらが妥協したとも言えなかった。師直、師泰は出家する、ということで話がついたのである。尊氏は、即座に陣払いを命じた。

　出家の件は師直にも伝えられ、二人はすぐに髪を落としたという。

　高一族の二十数名が、地に伏して尊氏を見送っていた。尊氏は、ひとりでそこに馬を近づけた。師直の眼が、じっと尊氏を見つめてくる。

「出家は、一時の方便にすぎぬ。あとのことは、京へ戻って考えよう」

「殿、将軍らしく、胸を張って帰洛なされませ。われらは法体《ほったい》ゆえ、征夷大将軍の行列にはつけませぬ。ずっと後ろから、目立たぬようについて参ります」

「そうか。おまえを供回りに帰洛したいと思っていたぞ、師直」

「どうか、お健やかに」

　別れの言葉だった。不意に、尊氏は眼から涙が溢れ出してくるのを感じた。師直は、まだ尊氏を見つめている。

　尊氏は馬首を返した。

「如意《にょい》丸《まる》様が、八幡の陣において亡くなられたそうです。御舎弟様は大変に悲しまれ、天の怒りに触れたとまで言われたそうで」

知らせてくるのは、武士のなりをした嘆夢である。

「そうか、如意丸が」

直義の、ただひとりの実子で、四歳になっていたはずだ。喜ぶのは直冬だけか、と尊氏は思った。

摂津に入り武庫川《むこがわ》に達した時、後方を軍勢が塞いだという知らせが入った。尊氏は、構わず京へむかった。

「高師直様をはじめ、高一族ことごとく、上杉能憲《よしのり》の兵に討たれました。高師直様は、端然として法体の首を差し出されました。上杉能憲は、父の仇と師直様の首を兵に掲げさせております」

上杉能憲は、二年前に師直が殺させた重能の養子だった。関東で師冬を自刃に追いこんだ、憲顕の実子である。

尊氏は行軍を止めず、そのまま京に入った。上杉朝定《ともさだ》の屋敷に、とりあえず落ち着くことにした。京にはまだ騒擾《そうじょう》の気配は漂っていて、放火の跡も生々しかった。

翌日、直義が大軍を率いて帰洛した。有力な大名のかなりの部分が、直義に従っていたのである。

尊氏は、氏直に命じ、幕府直轄軍の中核を花一揆に加えさせた。師直が苦労の果てに組織した直轄軍は、これで失われることはなくなった。花一揆六千騎である。

四、五日して、直義と会った。それまでに使者を何度か交わし、詰めるところは詰めておいた。あとは、自分が征夷大将軍であり、直義がその下で政事を統轄する、ということを確認すればいいだけである。自分の上に立ちたいという強い野望を、直義が抱いているはずはない、と尊氏は思っていた。幼いころから、直義はいつも自分の後ろに立っていたのだ。

直義は、また老けこんでいた。完全に切れていたのは、四カ月間である。

「久しぶりに会う、という気がするぞ、直義」

「私もです、兄上」

「如意丸殿が、亡くなられたそうだな。俺も、子を持つ親として、察するものがある。特に、おまえが四十を過ぎてから、はじめて得た子だったのだからな」

直義が、涙を見せた。峻烈な性格なだけ、肉親の情には脆かった。

「とにかく、気を取り直せ。おまえには、これからも政事をやってもらわねばならぬ」

「私は、義詮殿の後見をいたしましょう。関東には基氏殿がおられるし、九州には直冬もおります。これからは、若い者の時代になっていくのでしょう」

「いずれはそうなるにしても、いまはおまえにやって貰わなければならぬ」

言いながら、尊氏は直冬の九州探題は認めるしかないだろう、と考えていた。すでに中国にはいくらかの足場を持っている直冬が、九州にまでその力をのばすことは許し難かったが、いまは耐えるしかなかった。

二人とも、師直のことは喋らなかった。

「これだけの騒動が起きたのだ。裁くべきは裁かねばなるまい。決めるものは、決めなければならん。ただ、足利の幕府ということ。それだけは、忘れてはならぬ」

「私も、そう思います」

「大名は、まだ幕府第一とは考えておらぬ。おのが欲得で動く者が多いのは、今度のことを見ても明らかだ。これでは、足利の幕府は危うくなる。大名に、もう一度幕府の力を教え直さねばならん。それには、まず政事だ。政事が安定してこそ、大名どもの領地も安堵してやれる。政事の筋を通すには、義詮はあまりに若すぎるのだ」

それから尊氏は、北条の幕府の中で、隠忍自重してきたころのことを、ぽつぽつと喋った。頷き、思い出すような表情で、直義はそれを聞いていた。

その夜、尊氏は嘆夢に血夢を伴わせた。血夢は口が利けなくなった。忍び同士の争闘で、のどを斬られたのだという。眼に、陰惨な光が増した。

「京で、騒ぎを起こせ。大名のひとり二人は殺してもよい。流言も流せ。政事がよくないと、民にも思わせるのだ。これは、二人で組んでやれ。九州のことなど、その後の話だ」

「わかりました。適当に選んで殺すことにいたします。血夢がやれば、間違いはございません」

嘆夢が言い、血夢がにやりと笑った。不快なものが尊氏を襲ったが、それは表情に出さずに抑えた。これからは、弓矢とは別の戦なのだ。

武将たちも、京に集まりはじめていた。

さすがに直義に同心した武将は、すぐには尊氏のところには現われなかった。その中で、のこのことやってきたのが、細川顕氏だった。堂々と面会を求めてきたのである。四条河原で尊氏の軍を押し返したのが、よほど得意なのかもしれない。

書院へは通さず、庭へ案内させた。

尊氏を見た顕氏の顔がほころぶ。尊氏は、近習に持たせた太刀を抜き放った。

「わしに謁見を乞うただと。降人の分際で、なにもわきまえぬやつだ。ここで、首を落としてくれよう」

「それがしは、上様に御挨拶を」

「なにを言う。降人は呼ばれるまで控えておれ。それが出てきたのであれば、よほど首を刎《は》ねられたいのであろう」

尊氏が太刀を持ったまま近づいていく。饗庭氏直が、抱きつくようにしてそれを止めた。

「立ち去れい。細川顕氏」

氏直が一喝した。顔を強張らせ、顕氏は去っていった。

これは道誉のやり方だ、と尊氏は苦笑しながら思った。

3

どうしようもない騒動だった。

誰が誰と戦をしているのかも、よくわからないほどだった。道誉は尊氏側と見られていたが、ほとんど兵は動かさなかった。石塔頼房の軍勢が近江を通過した時、略奪を防ぐために一度だけ兵を出したが、通りたければ速やかに通れという態度は崩さなかった。

複雑な動きがあった。しかし突きつめれば、尊氏と直義の兄弟喧嘩だ。ただ尊氏は高師直を代役に立て、だからほとんどの武士は直義と師直の争いと見たのだった。直義も、師直討伐を叫んでいた。

師直は、死を選んだのだろう、と道誉は思っていた。どこかで、尊氏という主のことを諦めたのだ。尊氏は、そこまで酷《むご》く師直を使ったと言ってもいい。

なんのために、尊氏はそこまでやったのか。摑みとった征夷大将軍は、つまらないものだと思っていたはずだ。しかし、同時にそれを絶対に義詮に譲りたがっている、と考えても不思議はなかった。尊氏の心には裏があり、裏の裏もある。時として、まるで違う人格にもなれる男だった。

そういう男がこの国の頂点に立っていることが、幸せなことなのかどうか、道誉はしばしば考えた。後醍醐帝の親政のころとも似てきたと思えるのだ。

気になることが、二つあった。

ひとつは、師直と最後に会った時に、義詮を頼むと言われたことだった。ただ、それについては、いまのところ道誉の出番はない。上洛してこの方、ずっと尊氏がそばにいるのだ。

もうひとつは、本家の氏頼のことだった。兄弟喧嘩が直義の優勢に傾きはじめた時、尊氏に離反した。そんなことはどうでもいいことで、大方の大名がやっていることだったが、氏頼がそれをひどく気にしているという話が伝わってきた。父の時信にも、そういう線の細いところがあった。氏頼は、それを受け継いでしまったようだ。

憐れだ、という気もする。乱世でなければ、立派な領主になっただろう。それが、おのが拠って立つ場所にだけ気を奪われている。
桃井直常や石塔頼房も、北近江を通る時は道誉の動きを気にして軍律を引き緊め、南近江に入るとたんに兵が乱暴をするということがあった。それだけ、氏頼は甘く見られているのである。

近江は、京への軍勢が通り抜ける場所である。敵対している二つの軍勢が、ほとんど間を置かずに通り抜けることもある。どちらにつくかは、難しいことだった。どちらにもつかない場合が多い。

今度の騒動で、道誉はずっと尊氏についている、と思われただろう。それを否定はしなかったし、直義の呼びかけは無視したからだ。

氏頼は、一度はしてやったりと思ったかもしれない。しかし尊氏は帰洛し、元のままの征夷大将軍である。思いきってやったことが、なんの意味もなかったと感じられているのかもしれない。

京では、さまざまなことが起きはじめた。

流言が飛び、夜中に軍勢が動くこともあるという。直義は、懸命に静謐を取り戻そうとしていたが、大名の間には疑心暗鬼が漂っているようだ。

道誉は、高橋屋と甲良の館を行き来していた。高橋屋にいるのは内密で、甲良にいる時は姿を晒《さら》す。それでも、道誉が高橋屋にいるという噂は流れているようだ。尊氏からも直義からも使いが来た。そのどちらとも、道誉は会わなかった。

兄弟喧嘩は収ったように見えるが、それは表面のことで、暗闘は続いているに違いなかった。仕かけているのは、ほとんど尊氏だろう、と道誉は思った。直義は、それに気づいていないかもしれない。師直の残党を追討する軍勢を出したりしているのだ。

朝廷の動きもまた、微妙だった。

直義は、錦旗を手にするために賀名生の朝廷と講和を計り、その結着はまだついていない。そのことに、京の朝廷は苛立ちを見せている。そんなことも、勧修寺経顕が知らせてきていた。

「姫橋が、なんとしてもこちらへ来たいと申しておりますが」

忠信が、耳打ちするように言った。兄弟喧嘩は、直義が勝った。もっとも、大抵の武将は、師直との争いに勝った、と思っている。尊氏は、師直をちょっと後押ししただけだと思われているのだ。ただ、尊氏についた武将は、罰を受ける可能性がある。道誉が罰を受けた時は、一戦交えるべきだと姫橋道円は考えているのだった。

「なにも起こらぬ。それに、姫橋が来るというのはひとりではあるまいが、忠信」

「それは、軍勢を伴ってでございますが、姫橋は殿を琵琶湖から逃がすとか、いろいろ考えているようです」

「なぜ、わしが逃げる？」

「そうやって肚《はら》を据えられるのはよいのですが、今度だけは、それが逆に仇《あだ》になりかねぬとそれがしは相談を受けております」

「おまえは、どう思っているのだ？」

「将軍は、もとのままと見えなくもありません。しかし、高一族のほとんどはいなくなったわけです。殺されるというかたちで。今後、将軍を誰が支えていくのであろうか、とはしばしば考えます」

「それとわしが逃げることが、どう関りがあるのだ？」

「殿が将軍を支えていかれる。そう思う者がいるかもしれません」

それが直義で、だから直義は自分を殺そうとするのか、と道誉は思った。しかし、直義が自ら征夷大将軍になりたがっているとは、どうしても考えられない。

「姫橋がここへ来ると、事は逆に大きくなりかねぬ。近々、わしが甲良へ戻ることにしよう」

「それなら、姫橋も安心いたします」

近江に戻るのは、本家の氏頼に会っておいた方がいいと思えたからだ。氏頼は六角の館にはおらず、観音寺城に戻ってしまっていた。

　しかし近江へ戻る前に、罪は許され、所領は安堵されるという沙汰が下った。道誉には、罪を犯した意識はない。ただ争乱鎮定の武家申詞《ぶけもうしことば》を伝えたし、直義追討の院宣を受ける交渉をしたのも道誉だった。直義の方から見れば、罪に見えるのかもしれない。

　それに前後して、京が騒然とする事件が次々に起きた。直義の側近で評定衆をつとめる斎藤利泰《さいとうとしやす》が何者かに斬り殺されたし、桃井直常が軍勢に襲われてからくも危機を脱したし、ほかにも殺伐とした事件が起きた。流言の類いは、もっとひどかった。

　直義は、懸命に治安を回復しようとしているようだが、効果は出ていない。夜中には、二百、三百の軍勢が動き回っているという噂だった。

　直義と義詮の不和も噂として流れたが、それは信じられそうだった。容易に想像もつく。義詮は、母親から直冬の悪口を聞きながら育ったに違いなかった。その直冬を養子とした叔父にも、強い反撥を抱いていただろう。

　直義にとっては、義詮との不和よりもずっと頭の痛い問題があった。

　賀名生の朝廷との講和である。直義は尊氏に対抗するために、賀名生の朝廷に降りた。そして講和の条件の交渉に入ったのである。しかしこうして兄弟とも元の姿で京に復帰すると、講和そのものの必要がなくなった。それで放り出してしまえないのが、直義という男だった。講和となれば、両統迭立《てつりつ》になる。それを、京の朝廷が喜ぶはずもなかった。その朝廷の意思は大名の間にも少しずつ浸透し、直義の評判は下落するばかりだった。もともと峻烈な性格で筋を押し通し、嫌う者が多かったのだ。

逆に尊氏は、塞ぎの虫にもとりつかれず、敵に回っていた大名とも頻繁に会いはじめた。尊氏を慕っていたが、情勢を見て離反した者も少なくなかったのである。

六月も近づいたころ、京極の館に姫橋が五百の兵を率いてやってきた。忠信と示し合わせたものらしい。さすがに道誉も夜出歩くことを避けるほど、京には不穏な空気が漂っていた。

「わしは、そんなに危うく見えるか、姫橋？」

「今度のことは、どこまで深いのか、それがしにはよくわかりません。とてつもなく深い泥沼に、誰もが足をとられているとも思えます。こういう時は、疑心暗鬼を生むものでしょう。人の動きは、読みきれません」

「まあ、要心のためか。わしももう老いて、命が惜しいとそれほどは思わなくなっているが」

道誉は、高橋屋を動かなかった。京極の館とは遠くなく、姫橋以下数名は高橋屋に留った。

六月の終りに、氏頼が出家したという知らせが入った。近江守護も辞している。ひとりで悩んだ末の逃避なのかもしれない。氏頼が出家を考えるほど、尊氏と直義の力は逆転したと言っていいだろう。

七月のはじめには、三百の供回りで、義詮が高橋屋へやってきた。祇園社ではしばしば祈禱も行われ、義詮が高橋屋に寄ったとしてもなんの不思議もなかった。

犬王のほかに、たまたま一忠も観世丸もいたので、義詮はことのほか喜んだ。まだ童のころ、三人揃うとなぜか三人とも愉しげに遊んだのである。

その三人も、もはや青年に達している。

特別に、道誉は酒宴を開いてやった。さすがに、犬王と観世丸は居住いを正している。

「関東には、あまり芸人が来なかった。たまに田楽一座などが姿を見せても、見物することさえ執事らに止められた」

「窮屈な暮しをされておりますな、義詮様は。京でも、似たようなものでございましょう」

「京は、もっとひどい。政事がなんたるかを見習うだけでも、ひと仕事だ。それだけで疲れてしまう」

義詮からは、童のころの細さが消えていた。一軍の大将として、おかしくない貫禄も持ちはじめている。しかしそれは躰だけだ。

犬王に笛を吹かせた。観世丸が途中から舞いはじめる。陶然とした表情で、義詮は見入っていた。犬王と観世丸の芸も、いつもとは違う。義詮に語りかけようとしているのが、よくわかった。

「京へ来てよかった、とはじめて思った」

二人が座ると、酒を注ぎながら義詮が言った。一忠が、風の通る縁に出て、低く笛を吹きはじめた。犬王の方から、めずらしく義詮に話しかけた。関東とはどんなところか、と訊いている。観世丸は、しばしば一忠に伴われて旅に出たが、犬王は近江と京以外を知らない。

「野に、陽が落ちるのでございますか？」

「とにかく、広い。どこまで駈けても、山には行き着かぬような気がする。そのくせ、山になると今度は深くなる」

「そこに、人々が暮しているのですね」

「おまえも、一度行ってみるといい。難しいことではない。鎌倉には基氏もいるのだ」

「いずれ、殿のお許しをいただけましたら」

「道誉が禁じているのか？」

「私には、修めるべき学問がまだ残っております。剣の修行もなさねばなりません。それで、私の芸の毒を消すのです。おのが芸に毒があることが、私にもようやくわかって参りました」

「おまえも、窮屈な暮しだな。自分だけでないと思うと、なんとなく救われたような気持になる」

「義詮様は、次代の将軍でございますぞ。犬王はやがて自由にしてやりますが、義詮様は一生窮屈な暮しです」

道誉が言うと、義詮は不満そうな表情をむけてきた。

「ということは、いまの暮しを窮屈と感じないような自分を作るのですな」

「父上も、そう申された」

「上様は、気ままをなされていたこともありましょう。鎌倉の幕府にともに出仕していたこともあるので、気ままをなされていたことを、道誉はよく存じております」

「父上も、そのころのことをよくわしに申される。道誉は、人を驚かすことが好きだったそうだな。それに、人の考えないことを考える」

「若かったのでございましょうな。いまの義詮様ぐらいでございました」

「わしは、若いのだろうか。歳がというのではなく、若い過ちをなにもおかしていないような気がする」

一忠は、笛を吹き続けていた。それは気ままに吹いているようでもあり、こちらに聴かせようとしているようでもあった。

えいが、新しい酒肴を運んできた。いるのが義詮と知って、ひどく緊張しているようだ。平伏して、出ていく。

「いまのは？」

「母でございます」

「ほう、犬王は母君と一緒か」

「と申しても、生んで貰ったわけではありません。私は、近江路に捨てられていて、阿曽と申す猿楽師に拾われたのでございます。そして殿に預けられました」

犬王が、えいを母上と呼んでいることは知っていた。えいも、それには喜んでいるようだ。人の喜びや悲しみも、犬王は深く理解するようになっている。

「そうじゃ、犬王。おまえの唄を、義詮様にお聴かせしてみよ。芸として学んだ唄ではなく、はじめからおまえが知っていた唄をだ。おまえは憶えてはおらぬかもしれぬが、その唄を二度、大塔宮様にお聴きいただいたのだ。二度目は、わしの野辺の送りのつもりであった。大塔宮様は、死地に赴かれたのでな」

「憶えております」

犬王が立ちあがった。義詮より、観世丸の方が躰を固くした。音もなく一忠が縁から入ってきて、笛を吹きはじめた。

犬王の唄。濁った声。民の苦しみと喜び。そのすべてを覆い尽している滅び。どこも変っていなかった。ただ、滅びに導く響きだけは、しっかりと抑えられている。

観世丸が、涙を流しはじめた。義詮は、眼を見開いている。一忠だけが、表情を変えなかった。

「懐かしいな」

終っても、義詮は泣いていなかった。

「なにか、どうしようもなく懐かしい。童に返ったような心持ちになった」

「そうでございますか。犬王の唄も、進歩したものです」

観世丸は、遠くを見るような眼をしていた。表情が変らないのは、一忠だけだ。

観世丸が立ちあがった。舞いである。途中から、一忠が唄を入れた。山の中で迷った童。舞いは流れ、滞り、童の不安をそのままに現わしている。それが、童だけの不安ではなくなってくる。観る者の、生きていることそのものに対する不安。

芸は、なにかを写す。多分、観る者の心の底にあるものを、写す。優れた芸とはそういうものだ。

終ると、なにもなかったように、観世丸は一礼して座に戻った。

「いい日だ」

義詮が、呟くような口調で言う。酒は強いようだった。それからも一刻ばかり、五人で酒宴を続けた。

帰り際に、義詮はひとりで庭に降りていった。

「別の用事があって、ここへ来たのだった。それを忘れてしまったぞ、道誉」

「ならば、語られることもございますまい」

「いや、言っておこう。というより、訊いておこう。わしは、叔父上と闘ってもよいのだろうか？」

「それをなぜ、道誉に訊かれます？」

「思い悩むことがあったら、道誉に訊けと、師直が言ったことがある」

師直がここへ来て、酒を飲んだ夜を、道誉は思い起こした。

「直義様をお好きではないのは、直冬殿のことがあるからですか？」

「違う。師直を殺したからだ。それがどうしても許せず、この間叔父上が屋敷に来られた時に、ひどいことを言ってしまった」

「師直殿ですか」

師直を殺したのは、尊氏の方だと口を衝いて出てきそうになった。言わなかったのは、義詮を頼むという、師直の言葉を思い出したからだ。

「わしは、間違っていただろうか？」

「思い通りのことを口にされた。それだけのことでしょう。間違っているかいないかより、結果がどうなったか考えればよいのです」

「叔父上が戦に負けたとして、師直は叔父上を殺しただろうか？」

「さあ。上様がそれを許されないことも考えられますし」

「わしは、これから叔父上とどう付き合えばよいのだ」

「自然のままに。と言っても難しいでしょうが、一年は耐えられることです。その一年の間に、見るべきものをきちんと見据えるのですな。叔父と甥が殺し合いをすることなど、乱世ではめずらしくもありません。ただ、義詮様は次代の将軍です」

「いまは、乱世か、道誉？」

「乱世でございますな」

「そうだな。信濃では、幕府の武将同士が戦をはじめたというし、九州では賀名生の勢力が強くなっているし」

「人の心が乱れております。だから、乱世と言うのです」

道誉が言うと、義詮はじっと眼をむけてきた。なにも言わず、義詮は踵《きびす》を返した。すぐに、庭の入口で待っていた十人ほどの近習に囲まれ、義詮の背中は見えなくなった。

七月十九日になって、直義は政事の統轄者の地位を辞した。尊氏は止めたようだが、すでに遅いという感じはある。直義は、復帰後の政事がなぜうまくいかないのか、見つめ直してみようと思ったのだろう。

直後、尊氏から道誉に密命が届いた。近江に戻り、戦に備えよというものだった。数人の武将に、それは届けられたようだ。

道誉は、それに乗ってみることにした。敵の見えない戦である。その代り、尊氏の肚の底が見えるかもしれない。

「ほう、わしが賀名生の朝廷と結んだとな」

黒夜叉の報告は、道誉を幕府への叛乱者へ追いやるものだった。速やかに、近江討伐の軍勢が組織され、尊氏自身が率いて進発することになったという。

「義詮もまた、赤松討伐に軍勢を率いて進発するようです」

近江、播磨を討つというより、京を包囲する構えと見た方がよかった。

尊氏は、石山まで進出してきて、道誉の陣と対峙した。先鋒を主張する姫橋を本陣の固めに回し、前衛は忠信にした。尊氏の陣は、攻めるでも守るでもなく、ただ滞陣しているという構えである。

直義が京を脱出した、という知らせが入った。義詮出陣の前夜で、同心する大名のかなりの数も従ったようだ。

待っていたように、尊氏は帰洛した。

道誉もそれに続いた。俺を師直の代りにする気だ、と道誉は読んだ。それは面白いことではあった。師直には、尊氏に対する忠節があった。自分には、そんなものはない。

「それがしが、裏切者の役ですか。まあ、裏切者にはならぬかもしれぬな。賀名生と組んだだけだからな。義詮様は、賀名生と講和に動いておられるようだし」

尊氏の陣へ行き、道誉は言った。尊氏は薄笑いを浮かべている。

「天下の将軍らしくない姑息さじゃ。血を分け、労苦をともにした弟を滅ぼすために、上様は知恵を搾っておられるようだが、それがしには女子のやることのように見えますぞ」

「言葉が過ぎるぞ、道誉」

尊氏が、ただ直義を討った場合の、大名たちの反撥を気にしていることは確かだった。それを気にせざるを得ないほど、将軍の力は弱い。

「義詮様には、有能な武将がついております。しかし、したたかな武将はおりませんな」

「どういう意味だ、道誉？」

「見たままを言ったこと。御舎弟が失敗された賀名生との講和を、これからはじめられるのでしょう。それがしは、近江でそれを眺めていることにいたします」

「嗤っているのか？」

「なんの。乱世の中にいた方が、上様らしいと思います。師直殿が苦心して組織された幕府直轄の軍も、いまや上様の旗本に組み入れられたようですし、戦に心配はございますまい」

「読みたいように読め、道誉」

尊氏が横をむいた。

弟を討つということを、尊氏はまだ迷っているのか。それとも、仕方なく弟を討ったと衆人に納得させるために、さらに周到な手を打とうとしているのか。

それも、これから見えてくる。

4

京へ戻った。

義詮が迎えに出たが、尊氏はなにも言わなかった。直義を、わが手で追い出したのである。これまでは、直義との争いの時は、いつも師直がいた。自分でなにかやるというのではなく、尊氏の気持の底を師直が読んで、独断というかたちで動いたのである。

手を汚してこなかった、としみじみと思った。師直が、どれほど苦しい思いをして直義と闘ったのか、いまになってよくわかる。

自分が近江に、義詮が播磨に出陣する。そして、実は直義を討つつもりなのだと、数人の武将を介して密告させる。

将軍らしくない姑息さで、まるで女のようだと、道誉にははっきり言われた。確かにそうだ。その前にやったことも、暗殺や流言、そして大名たちの懐柔だった。誰がどうなろうと、とにかく直義の力を削ぐということだけが頭にあった。

すぐに、京にいる武将を集めた。参内し、公家と話し合い、光厳上皇にも拝謁して、状況の説明をした。できるかぎり速やかに、直義を呼び戻すと言い続けたのだ。

直義は、若狭から斯波高経を頼り、越前金が崎城に入ったという。八月六日になり、尊氏は細川顕氏を呼び、和議の使者を命じた。

細川顕氏は、直義と最も近い大名のひとりだったが、直義に従って京を出奔せず、留って尊氏についたのである。草の靡きというより、小さな知恵が回りすぎて、大局は見えなくなるという愚か者だった。この前は、尊氏に会いに来たところを、太刀を抜いて追い返したのだ。

京に留っているのを知って、洛中守護の任を義詮を通して与えておいた。直義と非常に近かったということで、和議の使者に選ぶ名目も立った。

八月七日には、賀名生に和議の使者を送った。義詮がずっと主張し続けていたことで、これについては尊氏はずいぶんと考えた。義詮は、いろいろな人間に耳打ちされたようだ。尊氏と直義の不和を見越して、北畠親房が仕かけてきている可能性もあった。それに、京の朝廷は、いい顔をするわけがない。

それでも、尊氏は和議を試みることにした。北畠親房の陰謀だったとしても、賀名生と直義が結ばれるよりましである。前に直義と賀名生の和議は破れているが、それは直義が政事の統轄者として筋を押し通したからだ。いまの直義なら、どんな妥協もできる。

尊氏は忙しかった。これほど忙しい思いをするのは、生まれてはじめてと言ってもいいほどだ。賀名生との和議の話が洩れると、すぐに京の朝廷へ弁解に出かけなければならなかった。自分についている大名たちにも、気を使わなければならない。

さすがに、賀名生との交渉は一度では済まなかった。直義との和議は一度の交渉で決裂し、使者の細川顕氏はまた直義に寝返って、嗤いものになっていた。

眠りの浅い日が続いた。

師直が夢に出てくる。後醍醐帝や楠木正成が出てくる。汗を拭いながら、夜明けを迎えることが多かった。

義詮は、賀名生との交渉に振り回されている。当然だった。むこうには、北畠親房という男がいるのだ。いいように振り回され、謀略がなにかぐらい、学べばいい。

「なに、近江で勝っただと？」

九月の深夜、尊氏は嘆夢から報告を受けた。

「勝ったと言えますか。佐々木道誉の部将、姫橋道円なる者が、二千の軍勢で両軍を蹴散らしました。こちらは瀬田で留まりましたが、あちらは北近江ゆえに越前まで逃げるしかなかったようです」

道誉が、いきなり怒った、という感じだった。朝廷が、勧修寺経顕を通じて、内密に和議の話合いを勧めてきた。十月二日、近江錦織《にしごり》の興福寺、という指定まであった。直義との和議に努力すると朝廷に言い続けていた手前、尊氏には断れなかった。

久しいというほどの邂逅《かいこう》ではない。

直義は、また老けていた。しかし、言うことはしっかりしていて、妥協の気配もない。こうなった時の弟の頑固さは、よく知っていた。尊氏も、桃井直常を処断せよと、直義が決して曲げられない筋を、曲げさせようとしたのである。無論、和議はならなかった。帰路、尊氏の一行を遠くから見送っている騎馬の一隊が見えた。旗はないが、道誉だろうと尊氏は確信した。

道誉が、俺を振り回そうとしている、と尊氏は思った。背中がうそ寒かった。いまの尊氏にとって、直義との和議が成ることが一番困るのだと、道誉は見抜いただろう。

義詮に、賀名生との和議を急がせた。

天下のことは、よろしく聖断にあるべし。三度目の交渉で、そう伝えさせた。つまり、後醍醐帝の時のように、賀名生の後村上帝の親政を認める、と言ってやったのである。ただし、公家のことは公家で、武士のことは武士で、と条件はつけていた。

直義は、敦賀《つるが》を発って、北陸道を進みはじめたという。関東にむかおうとしていることは、誰の眼にも明らかだった。

義詮が、さらに急ぎはじめた。関東には、基氏の執事として上杉憲顕がいる。かつて高師冬を追いつめ、自刃させたのが憲顕だった。高一族に対して、義詮は特別の思い入れを持っているようだ。それは尊氏にもあるが、思いだけでとどまらせていた。

十一月二日、ようやく賀名生の使者を京に迎えることになった。

直義追討の綸旨《りんじ》を、尊氏は手にした。京の朝廷の綸旨でもいっこうに構わないのだが、賀名生の勢力に腹背を衝かれたくない。これは義詮の主張で、もっともなところがあった。

尊氏は、花一揆六千騎を中心とする軍勢を慌しく組織し、京を義詮に任せて進発した。十六年前、北条時行に鎌倉から追われた直義を救援するために、後醍醐帝の勅許も得ずに進発したのと同じ道だった。

あの時の直義が、いまは敵である。

胸に去来するものはあった。あの時、俺は生きていた、とも思った。生きすぎるほど、生きていた。何度負けようと、滅びるとは思わなかった。立ちあがれた。天下というものが、美しく見えた。

いま、俺は滅びにむかって走ろうとしているのではないか。何度も、尊氏はそう思った。饗庭氏直が、ぴったりとそばについている。

もう一度、生きることができるか。生ききったと思って、死ぬことができるのか。そうでなければ、この十六年はなんだったのか。いや、四十六年の人生はなんだったのか。

近江路に入ると、尊氏は待つような気分にくり返し襲われた。

あの時、佐々木道誉が現われ、自分に従ってきたのだった。

待ち続けたが、道誉は現われず、尊氏は近江を通過した。

三河までは、遮る者もなく進んだ。

先に命を出しておいた小笠原政長《まさなが》が、信濃から遠江に入り、直義党の吉良満貞《みつさだ》を破っていた。小夜中山《さよのなかやま》まで出てきた上杉憲顕も破っていた。遠江は、小さなぶつかり合いで通り抜けた。

十一月十五日に、直義が鎌倉に入り、敵が勢いづくのがわかった。

駿河の蒲原で防衛線を引いていた敵は、尊氏自身が蹴散らした。足柄山でもぶつかり、しかし大した被害も受けず、伊豆国府へ入った。兵法上当たり前だと言いながら、直義の引く防衛線は、十六年前の北条時行の防衛線とよく似ていた。

年が明け、尊氏はついに相模に入った。

直義の防衛線は、早川尻だった。守りの堅陣を敷いている。しかし、追いつめられたという感じが、その陣全体には漂っていた。

「一戦で、すべてが危くなることは、めずらしくありませんぞ」

尊氏が、花一揆だけで直義の陣にむかおうとした時、仁木義長《にきよしなが》をはじめ、幕下の大名たちは厳しく止めた。

「みんな聞いてくれ。直義は、弟なのだ。そして、あれに必死の陣を敷いている。この攻めを、余人に任せろと言うのか」

それで、誰もなにも言わなくなった。仁木義長が、強引に後詰《ごづめ》についただけである。

尊氏は花一揆を三千騎ずつに分けた。

原野戦である。坂東武者の本領の見せどころだった。

攻めかけながら、尊氏はただ直義に語りかけていた。馬に乗れ、直義。昔、ともに駈けたように、おまえも駈けよ。そして坂東武者らしく、俺と闘おう。

しかし、直義は守りを固くしているだけだった。

花一揆の戦は、調練のように見事だった。横から一隊が突き崩し、綻《ほころ》びの見えたところに全軍がぶつかっては退いた。

半刻も経たず、直義の陣は後退しはじめた。

ここで討つ、と尊氏は思った。花一揆を集結させた。しかし、間に仁木と畠山国清の八千が入った。そして、直義に降服を勧告したのである。

直義は、それを受けた。

鎌倉に入ったのは、一月五日だった。

勝った、という気が尊氏にはなかった。終った、とも思わなかった。

降服した直義は、一室に籠り、神妙にしているという。

十日経っても、尊氏は直義と会おうという決断ができなかった。ようやく会ったのは、鎌倉に入って十六日目である。

近習も遠ざけた。

二人きりでむき合って座ると、直義はふっと諦めたような笑みを洩らした。

「なにが、おかしい、直義？」

「私を、殺したいのですね、兄上は。しかし決心がつかずにいる。兄上が私を殺したがっているとは、実はいまのいままで信じていませんでした。いま、兄上の顔を見て、はっきりわかりましたよ」

「俺は」

「いいのですよ。兄上はずっとそう思われていたのに、気づかなかった私が鈍いのです。兄上が、私を邪魔にするはずはない、と心の底のどこかでは思っていましたから」

「邪魔にはせぬ。おまえを邪魔だと思ったことはない。おまえと師直には、苦労ばかりかけたと思っている」

直義が、またほほえんだ。

「如意丸が死んだ時に、私も死ぬべきだったのかもしれません。幼い子を、ひとりだけで逝かせてしまった」

「俺たちは、なぜ憎み合うことになったのだろうか」

「さあ。私は、兄上を憎んでいますが、殺そうとは思わなかった。それだけ、私の方が甘かったのでしょうね」

「おまえは、ほんとうに俺に殺されると思っているのか」

「まだ、迷っていますね。しかし、よくわかっています。迷うのも、兄上らしいのです。迷って迷い抜いても、結局最後は思い通りにやる。兄上はいつもそうだったではありませんか」

「そうかな」

「幼いころ、兄上の後ろを駈けていた時のことを、ここへ来てよく思い出しました。あれから、長かったのか短かったのか、私にはよくわかりません」

「俺もだ」

「しかし、兄上にはあのころの輝きはなくなりました。後ろを走っていても、眩しくて眼を閉じてしまいそうな輝きは」

「お互い、歳月を重ねた」

「そして、いろいろなものを奪われました。手に入れたものも多かったのでしょうが、失ったものもまた」

「言うな、直義。天下というものさえ見えなければ、われらはまだ田舎武士だったかもしれん」

「星ですね。天下を見なければならない星。兄上が輝いている時は、いつも天下が見えている時でしたよ」

静かな、心の底に沈んだような憎悪は、話していても消えはしなかった。その憎悪とともに、やりきれないような悲しさもある。

「酒でも、飲んでみるか、直義」

「やめましょう。せっかく、お互いに憎しみを心の襞《ひだ》にしまいこんでいるのです。酒で剥き出しにすることはない」

「そうだな」

直義は、直冬のことはなにも言わなかった。殺さないでくれとも、寺に入れてやってくれとも、九州に置いてやってくれとも、言わなかった。

「鎌倉はいい」

直義が、呟くように言った。

「足利庄もいいだろうな」

「俺とおまえの大地だったな、あそこは」

「そして、無心に駈けることができました」

尊氏は、ふと涙ぐみそうになった。こらえた。直義は、やはり静かに笑っている。

「私は、戦がどうにもうまくなれなかった。兄上に、よく迷惑をかけました。兄上は、その気になった時はうまかった」

「俺も、よく負けた」

「兄上が、京から下ってこられていると聞いて、私は十六年前のことを思い出しました。浄光明寺に籠られて、出家すると駄々をこねられた時のことや。過ぎてしまえば、なんでもないものだと思います。あの時は、肚の中が煮えていたはずですが」

「おまえには、苦労をかけ続けた。幼いころから、いつもおまえはそばにいた。ひとつ違いで、それでも俺は惣領で、いつもおまえを顎で使い、それが当たり前だといつか思うようになった」

「もう、よしませぬか、兄上」

「そうだな」

しばらく、尊氏は腕を組んでいた。外は冷えこんでいるが、部屋に炭は入れてあった。その炭が、白い灰になりかかっている。腕組みを解き、尊氏は炭を足した。白い灰の中の黒い炭が、なにかまがまがしいものに見えてきて、尊氏は眼を閉じた。

「直義、なにか望みは？」

「そうですな」

直義が、また静かな笑みを顔に湛えた。

「もし望み得るならば、ひとつしかありません。兄上のお命」

「そうか」

眼が合った。低い声で、尊氏は笑った。その声に、直義の声も重なった。

「外は、雪になりそうだ」

「ここにいても、気配でわかります」

頷き、尊氏は腰をあげた。

それからも、尊氏は迷い続けていた。

自室で、結跏趺坐《けつかふざ》を組み、二日ほど過ごしてみたが、意味がないもののように思え、やめた。近習に夜伽を命じても、躰を揉ませただけで煩しくなってくる。

雪が降った。すべてのもの音が吸いこまれた。夜だった。宿直《とのい》の近習も、次の間に退がっている。

「血夢」

低い声で言った。いつの間にか、茵のそばに血夢の姿があった。

「やれ」

血夢は、言葉を喋れない。尊氏にむけた眼が、闇の中で強く光っただけだった。

翌朝、尊氏は雪を見ていた。

饗庭氏直が、駈けこんでくる。

「うろたえるな、命鶴丸」

「はっ、御舎弟様が」

尊氏は、雪を見続けていた。やはりもの音は吸いこまれていくようだ。氏直の荒い息遣いも、雪の中に消えていく。

「死んだか」

「はっ」

「しばらく、ひとりになりたい。それから、直義に会いに行く」

尊氏は、雪を眺め続けた。

終ったことだ。そう思った。雪が音を吸いこむように、時がすべてを色褪せさせるだろう。

尊氏は腰をあげた。

直義がいた場所まで、雪の中を歩かなければならない。足跡がいくつも重なっていた。

兵の姿。氏直の顔。

尊氏は、部屋へ入った。

「動かしてはおりません」

氏直が言った。

直義は、静かな表情をしていた。顔が、雪のように白い、と尊氏は思った。

「直義」

一度だけ呼んでみた。

炭の灰の、白い色が見えた。

尊氏は部屋を出て、自室に戻った。笛を聴きたい。ふと思った。誰の笛でもよかった。直義は、なぜ笛ぐらい吹かなかったのか。

眼を閉じた。閉じても、見えてくるものはあった。さらば。声に出して言ってみる。耳の中で、いつまでも谺しているような気がした。

さらば。

もう一度言った。待っていた。涙が流れ出るのを待ち続けたが、いつまでもそれは流れ落ちてはこなかった。

第九章　無窮

1

義詮は、賀名生《あのう》の朝廷との交渉で、疲れきっていた。

道誉は、それに手を貸そうとはせず、高橋屋で連歌の会を開いたり、能役者を集めたりしていた。観世丸が、観阿弥《かんあみ》と名乗り、ひとり立ちした役者になったのだ。犬王も、道阿《どうあ》と名乗るようになった。この二人は対照的で、これからの芸の世界を担っていく、と道誉は思っていた。

賀名生の朝廷との交渉は、義詮が自ら招いたことだ。直義に対抗するために、賀名生と講和して後顧の憂いを断つべきだ、と耳打ちした者がいる。義詮は、父の尊氏さえ押しまくり、ひとりでそれを進めたのだ。

賀名生との講和は、もともと直義が画策したことだった。直義の性格からして、譲れないものは譲れないということになり、結局講和は成らなかった。その点、義詮はなりふり構わず講和に走った。

直義が死んだいま、それが大きな問題としてのしかかってきている。

賀名生との再三の使者の交換で、要求されているものが実に詳細をきわめていることを、義詮は知った。そのひとつひとつについて、気の遠くなるような交渉をしなければならないのだ。

講和は、はじめから北畠親房の策謀だろう、と道誉は読んでいた。足利兄弟の争いに、ここぞとばかりにつけこんだのである。義詮の眼を講和にむけさせたところから、親房は動いていたに違いなかった。

義詮がそれを望み、尊氏も認めた。道誉は、成行を見ていただけだった。京の朝廷の存在など、義詮の眼にも入らなかったようだ。京の朝廷があげる声も、小さかった。

「公家は、こぞって賀名生詣です。私も、首のあたりが涼しくなってきましたな」

勧修寺経顕も、そう言っていた。それでも、平然と連歌の会に出てくる。そういう公家は少なかった。賀名生に行って追い返された者もいれば、位階をひとつかふたつ下げられただけで済んだと、喜んでいる者もいる。

この国に無用な人間がいるとしたら、まず公家だろう。そして武士もそうかもしれない。狼狽ぶりを眺めながら、道誉はそう思った。

尊氏が、なぜ鎌倉から戻ろうとしないのかも、気になった。直義党と言うべき武将が、まだ東国に残っているから、という理由はわかる。賀名生の朝廷につこうとする武将も、少なくないはずだ。

しかし、義詮が京にひとりでいるのは、どう見ても荷が重いと思えた。とにかく、北畠親房にいいように振り回されている。

講和と称しながら、親房は必ず京を攻撃するだろう、と道誉は思った。それをやれば、結果として賀名生の朝廷は不利になる。しかし、親房は京への誘惑を断てはしないだろう。京が護《まも》りにくい地形だと知悉していながら、攻めてくるはずだ。そのあたりが親房の限界で、頭の中で絵図を描いてしまうのだ。

ただ、単純に攻めてはこない。

鎌倉と京を、同時に攻めるつもりか、と道誉は思った。そして尊氏は、それを読んで鎌倉に留まり続けている。

すでに賀名生の後村上帝は河内に入っているが、方角が悪いと称して、すぐに京に入ることは避けていた。賀名生につく武将が集まるのを待っているのは明らかだったが、義詮はまだ講和を信じているようだ。

「観阿弥は西国へ、道阿は東国への旅をしてこい。しばらく、京は乱れ続ける」

道誉は、二人を呼んで言った。観阿弥は旅馴れているが、道阿にとってははじめてのひとり旅である。道阿は、不安と期待を隠そうとしなかった。

一忠は、飄然と近江の甲良の館にむかった。阿曽は、高橋屋の隣で病床にあった。道阿は、ひと晩阿曽と過し、えいと道誉に別れを告げると出立した。

「犬王が、あそこまでになるとは、正直思っておりませんでした。拾った時、殺してしまわなくてよかったと思います」

阿曽が、感慨深げに言った。労咳《ろうがい》で、もう笛は吹けないだろう。ここ数年の間に、近江猿楽とか大和猿楽とかの区別も、不分明になってきた。阿曽がまとめていた一座も、近江猿楽とは言えなくなり、若い者が見る間に芸域を広げはじめた。

「驚くほどの変化でございます。私の笛など、もう古いものの中に入ってしまいます」

「それぞれの芸は、それぞれの芸で深さがある。それとは別に、時の流れがある。観阿弥や道阿は、いまその流れに乗りつつある、と言えるだろう」

「時の流れに乗った二人を、せめて見てみたいと思います」

「おまえが死ぬる日は、遠くあるまい。しかし二人の成長は、それより速いかもしれん」

「生涯に、何度もなかったような気がいたします。心の底から、生き延びたいと思ったのは」

「道阿を生んだのは、おまえだ。それは、道阿が一番よく知っているだろう」

「それでも、やはり芸を見てみたいと思います」

阿曽の命の最後の炎は、自らの芸ではなく、道阿の芸にむけられているようだった。開いた方の眼は、かすかだがまだ光を失っていない。

賀名生方の動きは、黒夜叉が伝えてきた。

親房には、講和の心積りなどない。講和を餌にしてさまざまな譲歩を義詮から引き出し、それから京を攻める気だ。いかにも親房らしいやり方だった。

「近江へ、帰る？」

義詮のもとへ挨拶に行くと、意外そうな声がかかってきた。

「もうすぐ講和が成るという時にか、道誉」

「講和ならば、この道誉はむしろ邪魔でありましょう。戦ならば、近江の兵を呼び寄せます」

「いま、兵を呼んでは講和が崩れる」

「ならば、それがしは近江におります。近江で、講和を待ちます」

道誉は、京の朝廷と関係が深かった。武家申詞を伝えるのは、道誉の仕事のようなものだったのだ。その分、賀名生の朝廷からは厳しい眼で見られているだろうということに、義詮も思い到ったようだった。

「それに、北畠親房という男を、それがしは嫌いでしてな。顔を合わせると、斬ってしまいかねません」

「勝手にしろ」

義詮は、腹を立てたようだった。近習たちも、この大事な時にという表情をしている。黙って道誉は腰をあげ、そのまま京極の館から近江にむかった。

道誉が京を出た翌々日、河内住吉の後村上帝は、八幡にまで進出した。それすらも、京への還幸のため、と義詮はとったようだ。

北畠、楠木という賀名生の主力軍が京に突入したのは、翌日だった。義詮の軍勢は、半日も支えきれずに潰走し、わずかな近習だけに護られ、義詮は近江に落ちてきた。

道誉は、二千の軍勢を率いて、瀬田で義詮を迎えた。

「賀名生が講和を破ったのだ。それで、いきなり戦になった」

訴えるように、義詮が言う。道誉は、ただ笑っていた。

「なにがおかしい？」

「別に、賀名生は講和を破ったわけではありません。はじめから、講和をする気などはなかったのです。いまごろ、北畠親房は高笑いをしておりましょうな」

「しかし」

「義詮様に、難題を持ちかければかけるほど、義詮様は講和を現実のものだと思われる。公家どもが遣《つか》う手管でございますな。北畠親房がどれほどいけすかない男か、義詮様も身に沁《し》みておわかりになりましたろう」

「そういうことか」

義詮はうつむき、唇を噛んだ。

「道誉はなぜ、私にそれを言わなかった？」

「攻められて、はじめておわかりになることでしょう。きのうまでの義詮様には、この道誉が講和を破ろうとしている、としか思えなかったはずです」

義詮が、またうつむいた。

「近習衆が、少しは気を働かせればいいものを。忍びでも放てば、八幡の軍勢の戦備えはすぐにわかったはずですぞ」

六人の近習のうち、四人はまだ若かった。義詮より年長は、二人だ。

「ところで、光厳上皇をはじめ、朝廷の方々は？」

「わからぬ」

「わからぬ、とはどういうことです？」

「逃げるので、精一杯であった」

「しかし、戦がはじまる時に、どこかにお移し申しあげたのでしょう？」

「いや」

義詮がまたうつむいた。

「賀名生と講和となれば、京の朝廷は賀名生の下に入るという取り決めでございましたゆえ、われらはただ殿の御無事だけを」

近習頭が言った。

「以前にも、上皇や天皇を京に置きざりにされたことがありましたな。上様は、それを叱責なされたはず。賀名生との講和が成らなければ、幕府にとって朝廷はひとつ」

「佐々木様、戦だったのでございます」

言った近習頭に、道誉は眼をむけた。太刀を抜く。その時、近習頭の首は飛んでいた。もうひとりの年長の近習も、斬った。それは浅く、抜き返そうとしてきた近習の首を、姫橋が斬り飛ばした。

義詮が、息を呑んだ。ほかの近習たちは、顔を強張らせている。

「この二人が、なぜ死んだかわかるか。義詮様がなさねばならぬことがなんだか、わからなかったから死んだのだ。生き残った者たちは、よく考えろ。おまえたちも、死に値する。自分が死んだと思って、よく考えてみろ」

それ以上、道誉はなにも言わなかった。姫橋が、道誉の太刀の血を拭った。

「京都にお戻りになりたければ、この道誉がお戻しいたしましょう。しかし義詮様、京に天皇はおられません。これがどういうことか、おわかりですか？」

「幕府もなくなる、ということか？」

「まさに、その通りでございます。錦旗は常に、足利軍と闘う者の側にある、ということにもなります。京など、護ろうが明け渡そうが、どうでもいいのです。攻めやすく護りにくいということは、実力のある者がそこにいるということです。一時的に放棄したとしても、実力さえあれば必ず戻れます」

「ほんとうに、戻れるのか？」

「ひと月もかからず、お戻りになれます。まともにぶつかる戦をすれば、十日もかかりますまい。しかしそれは愚かなこと。ひと月待とうと思われれば、それほど兵を死なせることもなく、京にお戻りになれます。しばし、近江に遊行にでも来られたおつもりになれば」

「信じられぬ」

「淀川の物流を止めます。琵琶湖の物流は、すでに止めております。戦は、太刀や弓でするだけのものではありませんでな。兵の腹を満たしてやるのも、また戦なのです」

「軍勢をひと月養うだけの兵糧が、京には」

「ありません。叡山に蓄えはありましょうが、出しませぬな」

「なぜ、それがわかる？」

「いま京にいる軍勢は、実力でいるのではなく、謀略でいるのだということを、しっかりと見きわめます。叡山とは、古来からそういうところです」

「わかった」

義詮は、またうつむいた。近習二人の屍骸は、転がったままである。片づけろと、あえて道誉は命じなかった。

「なぜ？」

義詮が、かすかにふるえを帯びた声で言った。眼が、じっと道誉にむいてきた。

「私の近習を二人も斬った。二人とも、命を賭けて私を護ってきた者たちだ」

「高が一大名の近習ならば、それでよいのです。次代の征夷大将軍の近習としては、思慮が足りなかったと言わざるを得ません。戦であったと申しましたが、戦にもいろいろあるのです。朝廷の上皇をはじめとする方々を、きちんとこちら側にお連れするのは、賀名生の朝廷に対する、最も大事な戦でございました。それを彼らは怠り、しかもそれでよしと言ったのです」

「しかし、斬らなくても」

「お気に召さなければ、この道誉をお斬りになるのですな」

道誉は、そこで義詮との話を切りあげた。

あとは、放っておいた。陣営をひとつ造り、そこに二ツ引両の旗をあげさせただけだ。

三日経って、義詮は各地に軍勢督促状を出しはじめた。

関東での戦の模様が、少しずつ道誉のもとに届きはじめた。新田義宗《よしむね》、義興《よしおき》兄弟の決起である。義貞の遺児たちだった。尊氏は鎌倉を追われたらしい。といっても、ひどく負けたというのではなく、むしろ関東平野に出て、平原戦を望んだということのようだった。

義詮の軍勢督促に応じる武将が、各地で出はじめた。それでも、義詮は不安そうだった。尊氏が鎌倉を捨てたという情報も、悲観的な方にしか取っていない。

三月の中旬に入った夜に、道誉は義詮の陣営へ呼ばれた。

「父上が、鎌倉を奪回された。いま使者が着いたところだ」

義詮の表情は、喜色に満ちている。

「それでは、京へ戻りますか、義詮様」

「しかし、軍勢がまだ」

「充分でございます。美濃の土岐勢がいくらか参っております。それと佐々木勢で、恰好はつきましょう。京に戻られても、不安なことばかり申されてはと待っておりましたが、上様が鎌倉を回復されて、どうやらお顔の色も元に戻られたようで」

「いつだ？」

「明日にでも」

「わかった。やってみよ」

義詮も、多少意地になっているようだった。それぐらいの余裕は出てきたということだろう。できなければ、嗤ってやろうと思っていることも、よくわかった。まだ幼いが、そういうところは父親に似ている。

翌朝、道誉は姫橋に三千の兵をつけて先発させた。道誉が二千を率い、佐々木勢は総勢で五千である。それに義詮のもとに集まってきた旗本が二千、美濃勢が一千。八千の軍勢になった。

播磨、山陰の軍勢も京にむかう、という流言は流しておいた。

京にいた賀名生の軍勢は、すぐに八幡まで退き、義詮は労せずして京に入った。

「道誉が申した通りであったな」

義詮が、感嘆したように言った。八幡に拠った軍勢も、兵糧が切れて自滅していくのは眼に見えていた。馬借と琵琶湖の水運で、京には物資が入りはじめる。それに伴って、各地からの軍勢も集まっていた。

義詮にとっての重大事は、京の朝廷の上皇や天皇を取り返すことになった。幕府も公家も、天皇がいなければどうにもならない。自分の失態の重大さが、義詮にはようやくわかったようだ。

「河内東条に、上皇をはじめとした方々が行幸されている。それはわかっているのだ。しかし、無理に攻めるわけにはいかぬ。どうしたものかな、道誉？」

「さて、河内となると、なかなか難しゅうございますな。力攻めにして、上皇方を楯にでもされたら、それこそこちらは賊軍呼ばわりをされます」

「なぜこんな失態をしてしまったのかと、いまにして思う。遅い、と道誉は言うだろうが」

義詮は、少しずつ学んでいる。それでいいのかもしれない、と道誉は思った。

「等持寺に、祖曇《そどん》という僧がおります。楠木の縁者に当たる者です。その僧を東条に遣わされ、楠木一党と交渉させることは可能ではありますが」

「そうしよう」

「それでも、無理でございましょうな」

「ならば、どうすればいい？」

「どうしようもありません。とにかく、祖曇を遣わしてみることです。その後のことは、また考えましょう」

「わかった」

義詮は、ほとんど道誉の言いなりだった。

八幡の賀名生の軍勢との対峙には加わらず、道誉は高橋屋に入った。姫橋の軍勢は、一千だけ京極の館に残した。

義詮は、一度高橋屋を訪《おとな》ってきたが、観阿弥も道阿もいないことを知ると、ちょっと肩を落とした。戦から逃げてしまいたい、という気持がどこかにあるようだ。道誉は、次代の将軍という扱いだけをして帰した。

尊氏は、まだ鎌倉に留っている。義詮に近づくなら、いまだった。それを考えている武将は多いだろう。現に、八幡を囲んでいる幕府の軍勢は、大軍になっていた。

尊氏との勝負は続いている。道誉の気持の底には、それだけがあった。義詮に京を任せて鎌倉に留る尊氏は、全国の情勢を一番よく見ているのかもしれない。

直義についていた大名のかなりの部分が、賀名生の朝廷に下っていた。三つ巴だった争いが、いまは賀名生と幕府の対立となり、わかりやすくはなった。ただ、全国を見ると、賀名生は勢力を拡げたのだ。

それも、大したことだと尊氏は思っていないのかもしれない。京と鎌倉をしっかり押さえていれば、賀名生についている大名もやがて戻ってくる、と読んでいるのだろう。道誉も、そう読んでいた。

そうなった時、足利の幕府は強くなる。しかも、政事も軍事も、義詮が一手に握ることになる。ただ、いまそれを阻害しているのは、直冬の存在だった。直冬がいるかぎり、直義についていた大名の中で直冬を担ぎ続ける者はいるだろう。

実子であろうと、尊氏は直冬を殺そうとするはずだ。その憎悪の裏返しのように、義詮を溺愛するだろう。人が子にかける情とは、どういうものなのか。中国、九州と流れながら、それなりに勢力を扶植してきた直冬の方が、義詮と較べるとずっとたくましい。

尊氏との勝負は、生き方そのものの勝負だった。息子のために、苦労をともにしてきた弟を殺す。それによって、治まりかかった天下を、再び乱す。多分、道誉にはできないことだろう。天下人でありながら、尊氏は自分に忠実だったということなのか。

高橋屋の下女が、道誉を呼びにきた。義詮が帰った直後だった。

道誉は、歩いて隣の家へ行った。塀などもなく、いつの間にか高橋屋の敷地の別棟という感じになっている。

阿曽の枕辺に、一忠が座っていた。道誉は、阿曽の顔を覗きこんだ。阿曽が、なにか言おうとするが、言葉にはならなかった。

「きのうも、その前日も、かなりの血を喀《は》いたそうです。今日は、朝からうつらうつらとしておりますが、時々、私からふっと離れていくような気がいたしまして」

「熱が、ひどいようだな」

阿曽の額に掌を当て、道誉は言った。閉じていた阿曽の眼の、片方だけが開いた。気力をふり搾ったという感じだった。

「笛の音が、聴えます」

はっきりした言葉で、阿曽が言った。

「私を、呼んでおります」

「そうか」

「平和な音色でございます。快く、私を誘います」

「言い残すことがあれば、聞いておくぞ」

「なにも。殿と出会えて、愉しゅうございました。犬王を、立派な役者に育てるという喜びまで、与えていただきました」

「待てば、やがて犬王も戻るものを」

「犬王の笛が聴えます。唄も。いま、犬王は私にむかって吹き、うたっていると思います。それも、平和な音色で」

「もう喋るな、阿曽」

　喋るたびに、薄い阿曽の胸板が大きく上下している。

「ひとつだけ、お願いが。私の笛を、貰ってはいただけませぬか。このような病人のもの、吹いていただこうとは思っておりませんが、殿のお手元の笛の中にお加えいただければ」

「貰おう。おまえの魂の籠った笛だ」

　阿曽が、ほほえんだ。それから、眼を閉じた。

　大きく上下していた阿曽の胸板の動きが止まったのは、それから一刻ほどしてからだった。口からひと筋だけ流れ出した血を、一忠の指が拭った。

「阿曽は、どこから参りました、道誉様？」

「知らぬ」

「まことの名は？」

「それも、知らぬ」

「乱世の、人々の心の中から来て、そこへ帰ったと思うことにいたしますか」

一忠が、かすかに笑った。

2

義詮は、賀名生の軍勢を、八幡からたやすく追い払ったようだ。

それが難しいことだと、尊氏は見ていなかった。京を奪い合う戦が馬鹿げたものだということは、痛いほどよくわかっている。

かつては、自分も京を奪い合った。それでわかったのは、京を維持するのは、京にいる軍勢の力ではないということだ。いくら京に大軍を置いても、兵糧はすぐに止められる。無駄なことなのだ。京を維持できるかどうかは、全国にどれほどの力を持っているかによる。つまり、綜合力の勝負だった。

だから、京を奪われたら負けなどということはない。攻める者がいたら、むしろ明け渡した方がいい。それから、兵糧を断ってじっくりと攻める。

義詮は、八幡の敵を追い落としたと、得意げに報告してきたが、当たり前の帰結だった。それより、義詮は再び大きな失敗をした。京の朝廷の上皇以下を残したまま、京を捨てたのだ。尊氏の誤算は、それだけだった。

全国の大名は、確かに二つに割れている。そのかなりの部分が、賀名生の朝廷に降りているともいう。つまり、いままで直義がいてまとめていた勢力が、拠りどころを失って、賀名生に靡《なび》いただけのことだ。

それと較べて、こちらには征夷大将軍がいる。自分という存在が、大名を集めるはずだ。むこうには、直冬しかいない。直義とは較べようもないほど、武士の間での存在は小さいのだ。

武士は、最後にはその棟梁と仰ぐ者に従う。それも尊氏が身に沁《し》みて知ったことだ。しかし、天皇は必要だった。義詮は、すべてを捨てても、上皇以下の殿上人を護るべきだった。

嘆夢を、京に置いていた。手の者から、毎日のように報告が入る。義詮は、河内に連れ去られた上皇を取り戻すのに、苦慮しているらしい。

取り戻せるはずがない、と尊氏は思っていた。やがて賀名生に連れ去られ、手も出せなくなるのはわかっていた。

光厳上皇には、恩義を受けた。九州に落ちる時に、自分に錦旗を与えてくれたのは、光厳上皇だった。征夷大将軍も、実質的には光厳上皇から受けた。それなのに、なんの相談もなしに、賀名生と講和することを義詮に許した。その光厳上皇が、いまは賀名生の手の中にある。

心に、痛みはあった。直義を死なせた痛みと較べれば、なにほどのこともない、とも思った。

しかし、いつからこうなってしまったのか。直義も、そして師直も、幼いころからいつも自分のそばにいた。自分の足りないところを補うのが、その二人だと思い続けてきた。義詮に、愛情がありすぎるためだ、とは思わない。そういう愛情すらも排除して、生きている意味がどこにあるというのだ。

「薬湯でございます」

長井《ながい》藤丸《ふじまる》だった。元服し、義信《よしのぶ》と名乗っている。尊氏麾下《きか》の部将の中では、最も若い。

尊氏は、躰の不調を覚えていた。すぐに疲れる。気力も萎える。塞ぎの虫ではなかった。それは、自分でもよくわかる。

飯を食う気が、どうしても起きてこないことはあるが、特に痛みなどがあるわけではなかった。気力をふるい起こして動こうとすると、動悸が激しくなる。

藤丸が、背を支えて尊氏の上体を起こした。

「鎌倉は、時が止まったようじゃの、藤丸」

尊氏は、夜伽をつとめさせた近習は、幼名で呼ぶようにしている。二十名ほどいる近習の中で、いま幼名で呼ぶのは四名である。

「薬湯だけは、どうかお飲みくださいますよう」

「わかっておる」

苦い薬だった。それをひと息で飲み下した。

東国の叛乱は、ことごとく叩き潰した。しかし、直義についた大名たちは、まだ残っている。次男基氏の執事をつとめさせていた上杉憲顕も、そのひとりだった。基氏に東国を任せておくのは、まだ心もとない気もする。ただ、基氏は戦は下手ではなさそうだった。

「京では、天皇がおられないということで、朝廷でも幕府でも大騒ぎをしているようでございますが」

「京の時は、止まらぬのだな」

天皇がいないという事態を、尊氏はどう扱えばいいかわからなかった。幕府に大義名分を与えているのは、天皇である。天皇がいなければ幕府は逆賊の集団と言われかねない。

五月も終りになったころ、京からの使者が来た。

「弥仁《いやひと》王だと？」

「はい。光厳院の第三皇子に当たられ、仏門に入ろうとされているところでございました」

光厳上皇の第三皇子ならば、皇位継承の資格はある。しかし、幕府が勝手にそれを決めるわけにはいかないのだ。皇位を与える資格のある上皇は、三人とも賀名生に連れ去られている。

「弥仁王でよいかどうかの、お許しを頂けば、それがしはそのまま京に戻ります」

どうするのかはわからないが、自分がいますぐに京に戻るわけにもいかない。東国の叛乱は潰したが、基氏に帰服している大名はまだ少ない。

「よい。ただし、事は皇位にかかわること。無理押しはならぬ、と義詮に伝えよ」

使者は、そのまま帰っていった。

嘆夢が自身で現われたのは、それから数日後だった。

「広義門院《こうぎもんいん》をな」

「はい。佐々木道誉様の献策でございます。広義門院の説得も、佐々木様がなされております」

広義門院は、光厳、光明両上皇の母である。賀名生に上皇が拉致されたのは、義詮のせいであると言って、弥仁王の践祚《せんそ》に頑として反対しているという。

その広義門院の治世とし、すぐに弥仁王に践祚させようというのが、道誉の策らしかった。

広義門院は、やがて折れるだろう、と尊氏は思った。天皇がいなければ、幕府も困るが朝廷も困る。そのあたりを、道誉はうまく衝くはずだ。

道誉の動きが、鎌倉からでも目立った。

京を追われた義詮が逃げていったのは道誉のもとであるし、京を回復したのも道誉だった。そして、今度の件である。

義詮の危急を救ってくれている、と一方では思いながら、道誉が力を持ち過ぎているとも思う。尊氏が鎌倉の幕府に叛旗を翻した時からの与党とはいえ、道誉は外様の大名に過ぎなかった。

「おまえは、どう見る、嘆夢？」

「広義門院様も、いずれ承知なさいましょう。孫に当たられる方の践祚でございますから」

「そうではなく、佐々木道誉の動きだ」

「佐々木様は、義詮様を突き放しておられるように見えます。それでも、義詮様は高橋屋へ足を運び、なにかと佐々木様に相談なされているようです」

「次代の将軍ともあろう者が、ばさら者のもとへ足繁く通っているというのか。それも、頼るようにして」

「頼っておられるかどうか、私にはわかりません。ただ、佐々木様は、義詮様のお召しをなかなかお受けにならないようで」

義詮を手玉にとりながら、自分の手柄を大きくしていくことぐらい、道誉ならば平然とやりかねなかった。ただ、これまで道誉が、手柄のためだけに動いた、ということはなかったような気がする。

それに、落ち着いて考えてみれば、義詮がほんとうに危ない時だけ、道誉は出てきて助けているとも言えるのだ。

近江に落ちた時の義詮は、惨めな姿だったという。丹波から近江へ出る途中で野伏りに阻まれ、甲冑などを与えてようやく通して貰っているのだ。

「もうひとつ気になりますのが、斯波高経様、山名時氏様に、再び幕府を離反されそうな気配があることです」

二人とも直義についた武将だった。特に斯波高経は、足利家に次ぐ家格を持つ、一門の有力者である。山名時氏は、文字を読めない武辺一倒の男で、出雲の守護を何度も道誉と奪い合っている。二人とも、道誉とはよくないのだ。

二人の離反が、道誉のせいと言えなくもない、と尊氏は思った。

「斯波、山名の離反は、いたしかたあるまい。放っておけばよい。しかし、畿内では、また賀名生につく武士どもが暴れような」

「すぐというわけではありませんが、やがては動きましょう」

それまでに、朝廷がちゃんとしているかどうか。賀名生の朝廷との講和が考えられない以上、京の朝廷を護り通すしかないのだ。

やはり、天皇がいないといういまの状況を打破するには、道誉が必要だった。見回しても、ほかの名は浮かばない。

「嘆夢、京へ戻れ。弥仁王の践祚が決まったら、九州へ行け。血夢も連れてだ」

「九州で、なにをすればよろしいのですか？」

「直冬を、殺せ」

はっきりと、尊氏は口にした。自分の息子を手にかける、という気はなかった。敵の誰かを殺せ、と言っただけだと思った。

「直冬様は、先の直義様のように、捕らわれの身ではございません。忍びの力が及ばぬところにおられます」

「それでも、試みてみよ。失敗してもよい」

「わかりました」

嘆夢が消えてからも、尊氏は考え続けていた。直義についていた大名のかなりの部分は、直冬につくだろう。それだけなら、時を待てばいいが、賀名生の朝廷と直冬が組めば、面倒なことになる。まして、むこうには斯波、山名がいるのだ。

一番いいのは、直冬がこの世から消えることだった。

広義門院が折れ、弥仁王の践祚が決まったという使者が来たのは、六月の終りだった。道誉と勧修寺経顕の説得で、ついに折れたのだという。

尊氏の体調は、夏にむかうにしたがって、さらに悪くなった。臥《ふせ》っていることが多かったが、関東にはさらにいくつか手を打った。恩賞で、離反した大名の何人かを基氏のもとに呼び返したのだ。東北にも、御教書を何通か出した。

躰の中で、別の動物が動き回っているような、いやな感じがある。特に夜半に多く、起きあがると全身に汗が噴き出している。寝巻を搾れるほどの汗だった。

弥仁親王が、後光厳天皇となったことも、尊氏は病床で知った。

摂津、河内あたりで、また叛乱の動きが出ているようだった。

楠木軍を中心として、石塔頼房の軍勢などが加わっている。さらに拡がりそうな予感があった。楠木は、正成の三男の正儀《まさのり》で、眼を見張るような戦はしないが、実に粘り強かった。まともな戦より、山野に隠れて不意を討ったりするのがうまいようだ。正行《まさつら》、正時の弟になる。兄たちは、果敢な戦をやったものだ。

兄弟三人の戦ぶりを合わせると、正成の戦だ、と尊氏は思った。

師直がいれば、なんとかしただろう。しかし、いない。天皇の問題にしろ、直義がいたらなんとかなった。これも、いない。

そんなことを考えることが多かった。

十一月の中旬に、尊氏は饗庭氏直を京へやった。

使者の役目だけではなく、幕府の様子をよく見させてくる目的もあった。いまのところ、義詮は大きな間違いはしていない。楠木を中心とする軍勢が京に攻め入ってきたら、後光厳帝を推戴してすぐに京を出ろ、とも伝えてある。

それでも、京が気になった。

九州へ行っているはずの、嘆夢、血夢からの知らせはなかった。直冬を殺せなければ、自分が戦で殺してやる、と尊氏はしばしば思った。

躰が軽くなり、食欲が出る日もあった。歩くことをくり返した。足が萎えると、馬にさえ乗れなくなる。これからも、戦は続くはずだ。

京と鎌倉の間は、三日に一度飛脚が往来している。それも、関東が鎮まってきたので、できることだった。

「畠山国清様が見えられました」

藤丸に支えさせて庭を歩いていると、近習が知らせにきた。畠山国清は、新しい関東の執事だった。上杉憲顕と較べると芯が一本足りず、高師冬と較べると勇猛さにも欠けた。凡庸だが、押出しはいい。一門としては、遠かった。

「基氏様が、上様の御機嫌を伺ってくるようにと。それに、武蔵八党の大部分が、幕府に従うと申し出て参りました御報告にも」

「そうか。関東は、ほぼ鎮まったな。あとは、新田を潰せばよいだけか。それは、おまえの役目だ、国清」

「心得ております」

基氏は、十三歳になったばかりだった。兄の義詮は四歳から戦陣にあったと言い聞かせ、今度の関東の戦には伴ったのである。胆は小さくない。そばで見ていて、そう思った。いまは、武蔵入間川《いるまがわ》の館にいる。そこは館というより、陣営と言った方がよかった。軍勢も、八千ほどが常駐している。

国清の用事は、ほぼ見当がつく。基氏が、入間川から鎌倉に戻りたがっているのだ。入間川は、北関東に対する押さえだった。そこに強力な軍勢がいれば、鎌倉を攻めにくいということもある。尊氏は、基氏を鎌倉へ呼び戻す気はなかった。新田義興が暴れそうな気配がある。それを滅ぼすまで、何年でも入間川に留めておくつもりだった。

　書院に入り、しばらく北関東の情勢の話をした。

「基氏が鎌倉に戻るのは、新田義興が死んだ時だ。それまでは、そこもとともに、入間川の陣で耐えさせる」

「それが上様のお気持なら、それがしも肚を据えます」

「関東は鎮まったといえど、上杉憲顕はまだ帰服しては来ぬ。いつまた、争乱が起きるかわからぬのだ」

「基氏様に、少々強く言ってもよろしゅうございますか？」

「叱ってやれ。次代の征夷大将軍の弟だ。戦陣で弱音を吐いてはならぬ」

　基氏が、かわいくないわけではなかった。義詮を支えるのは自分だけだ、と基氏が思うようになってくれればいい。

　太刀と馬を基氏に与え、国清を帰した。

　饗庭氏直が戻ってきたのは、十二月に入ってからだった。

　直冬が、賀名生の朝廷と組んだ、という知らせも持ってきた。予想していたことだった。むしろ遅かったほどで、直冬に情勢を読む力はない。九州、中国は別として、関東はもう鎮まりかけているのだ。

「義詮様は、着々と仕事をこなしておられます。朝廷との、大きな問題も起きておりません。畿内にはしばしば兵を出され、河内、摂津が大きく暴発するのを、巧みに避けておられます。ただ」

「ただ、なんだ、命鶴丸？」

「これは、私がしばらく義詮様のお側にいて感じたことでございますが、なにかにつけて佐々木様の御意見が通るようです。朝廷との交渉では、確かに余人にできぬ技を見せられましたが、それは勧修寺経顕卿が間に入られてはじめてなし得たこと。佐々木様は、勧修寺卿を通して朝廷との交渉をすることを、つとめとされておりました。今回の後光厳帝の践祚のことは、そのつとめを果されたということです。功には違いありませんが、恩賞の沙汰が大き過ぎると、不平を並べる大名もなくはありません」

　確かに京からの飛脚の文書を見ると、道誉、秀綱父子には、かなりの恩賞を与えている。

「私の考えでは、それはよいと思います。ただ、義詮様はいくらか佐々木様を恐れて、いろいろと相談なさるのではありますまいか。そのことが、いささか心配でございます」

「義詮が、道誉を恐れてだと？」

「義詮様が近江に落ちられた時、迎えた佐々木様は、義詮様の近習二名の首を、いきなり刎《は》ねられたそうです。義詮様が見ておられる前で。これだけは、いささかばさらが過ぎるのではありますまいか」

「義詮の近習の首を、道誉が刎ねたというのだな？」

「はい。一緒にいた四名の近習が、それを見ております。おまえたちも死ねばいい、と佐々木様はおっしゃられたそうです」

「なぜだ？」

「義詮様の御身を、危険に晒《さら》させた。それは万死に値するということではありますまいか。一緒にいた近習たちは、それをあまり語りたがりませぬ」

「義詮を威《おど》すために、首を刎ねたかもしれぬのだな？」

「わかりません、それは。そういうことがあったというだけで、それ以上のことを私の口から軽々には申しあげられません」

「義詮の方から、高橋屋に通っているという話もあるな」

「私が京におりました時は、そのようなことはございませんでした」

「公家を威すように、道誉は義詮を威したか」

「上様、私は事実だけを申しております。それ以上のことは、いずれ義詮様か佐々木様にお訊ねになるべきだと思います」

「義詮の近習の首を、道誉が刎ねたことには間違いはあるまい」

なぜ道誉がそうしたのか、見当はついた。京を落ちる時に、朝廷の上皇方を推戴しなかった。義詮がそれに気が回らなければ、近習が上皇方を連れてくるべきだった。尊氏が近江にいたとしたら、やはり義詮を強く叱責し、近習の罪は問うただろう。義詮には、以前にも、天皇、上皇を京に置きざりにしたという不祥事があった。

それにしても、義詮の近習の首を刎ねることができるのは、義詮だけである。

思いあがっているのか、あのばさら者は。尊氏の心の底に、ぷつぷつと黒い怒りに似たものが湧き出してきた。

「次の飛脚で、京に言ってやれ。わしが道誉に腹を立てているとな」

「しかし上様、それは佐々木様にお会いになってから、お決めになればよろしいのではありますまいか。佐々木様は、この氏直が余計な口をきいたと思われるに違いありません」

「よい、義詮の近習の首を刎ねたのは、きわめて不快。そう言ってやるだけでよい」

氏直が平伏した。

ひとりになると、尊氏は不意に直義のことを思い浮かべた。道誉を叱責せよと言いながら、なぜ直義の顔を思い浮かべるのか、自分でもよくわからなかった。

躰の中で、自分とは別の動物が動きはじめている。息が苦しくなった。死ぬのか、と一瞬思った。死ねば楽になる。直義や師直とも会える。しかし、死にはしないだろう、とも思った。自分を滅ぼそうとする者が現われないかぎり、いつまでも死なないのではないか、という恐怖に似た感情も滲《にじ》み出してくる。

「藤丸」

尊氏は声をあげた。義信が出てきて両手をついた。

「背中が重苦しい。しばらくさすっていてくれ」

義信がそばにくる。

眼を閉じ、尊氏は横になった。

3

柏原の城も館も久しぶりだった。

伊吹山は、雪に包まれている。道誉は、しばらくひとりでそれを眺めていた。

尊氏から、叱責が来た。きわめて不快、というものだった。道誉の動きが、鎌倉にいても気になって仕方がないらしい。心の底では笑ったが、義詮の前では憤りを表情に出した。そして席を立ったのである。

そのまま、近江に戻ってきた。追ってきた忠信が、北野社参詣のために京を離れる、と幕府に届け出てきたことを報告した。

かたちは整えておく。自分の役目を、忠信はよく心得ていた。

柏原城は、神保俊氏に任せてある。各地の所領からあがるものを、俊氏は銭にしてここに蓄えていた。それはもう、倉五つになっている。それだけで、二万の兵を三年は養っていけた。

三男の高秀《たかひで》を伴っていた。秀綱は、侍所に出仕する独立した武将である。高秀は、道誉や秀綱に従って、ようやく戦場に出るようになっていた。

息子たちが出世すればいいという思いが、道誉にはほとんどなかった。本家の氏頼はまだ出家したままで、自分が担わされたものが大きすぎたのだ、と道誉は思っていた。自分に合ったものを、担っていればいいのだ。

道誉は、五十八歳になっていた。いつ死んでも、おかしくない歳である。死は、近いような気もするし、遠いような気もする。

戦場では死ねないかもしれない、とこのところよく思った。つまらぬ戦ばかりである。京を奪い合うことに、どれほどの意味があるのか。京を奪えば、天下を握れるとでもいうのか。賀名生の朝廷は、再び京を攻める準備をしている。独力では無理だとさすがにわかったらしく、直冬と結んで攻めようというのだ。道誉が見たかぎり、それでも京を維持するのは無理である。

北畠親房の老いの一徹のようなものなのか。あれほど謀略に優れた男が、なにゆえ京の奪取にばかりこだわるのか。謀略は公家の技のようなもので、大局を見るという点においては、愚かな男なのか。

柏原城の周辺は、枯れた草の色に包まれていた。みずみずしい緑より、道誉はいつかその枯れた色の方を好むようになっていた。

居室には、炭が入れてあり、暖かかった。俊氏が、近在の娘をひとり連れてきていた。身の回りの世話をさせるというより、抱く女体を道誉は必要としていた。甲良の館にも、高橋屋にもいつも何人かの女を置いている。衰えはなかった。ただ、時々女体を慈《いつく》しむような気分になる。それが以前と違っていた。

「俊氏、柏原はいいのう。伊吹山の風が身にこたえる。それが、生きているとわしに思わせる」

「時には、柏原もよろしゅうございましょう。そろそろこの城も雪に包まれますし」

「おまえも、落ち着いた男になったものだ。いや、おまえだけでなく、忠信も姫橋もそうだ。その分、わしが老いたということかな」

「老いたなどとは、また殿らしくないことを言われます。いまや足利一門を押しのけ、幕府第一の人物とまで言われているお方が」

「なんの意味がある。その幕府は、柱のない家のようなものだぞ」

「また、戦でございましょうな。攻められると、幕府はまた京を捨てるのでございますか。柏原から見ていると、腑甲斐ないとしか申せません」

「いたずらに、兵を失わない方法でもあるのだ。しかし、人は愚かよのう。結着のつかぬ戦をくり返して、飽きもせぬ」

「柏原に来られたのは、蟄居謹慎《ちつきよきんしん》のためだということでしたが」

「その通りよ。したがって柏原に軍勢を集めることはない。誰が訪ねてこようと、謹慎中の身なれば、会うこともできぬ。わかったな、俊氏。その代りに、近江にいる芸人たちを集めよ。春まで、銭を稼ぐ当てもなかろう。柏原城へ来れば銭が稼げる。そう言ってやれ」

「それこそ、城内は祭りのようになりますが」

　俊氏は含み笑いをしていた。

　家臣の誰もが、道誉が謹慎しているなどとは考えていない。それは、主君をよく知っているということだった。次になにをやるかじっと見ていて、道誉が手を動かすだけで、一斉にそれぞれの仕事をはじめる。

柏原に来て三日目に、相原清胤《あいはらきよたね》と醍醐寺の賢俊《けんしゅん》僧正が、義詮の使者としてやってきた。誰もが認める大物である。

道誉は、俊氏と忠信に相手をさせ、会わなかった。

それからも、しきりに使者を送ってくる。義詮が狼狽しているのが、眼に見えるようだった。将軍を立腹させたのに、出仕するわけにはいかないという返事で、押し通させた。

ひと月ほどして、尊氏の使者が来た。義詮が鎌倉に泣きついたのだろう。

将軍の許しが出たのなら、と道誉は五百ほどの兵を率いて京へ戻った。伊勢に拠る北畠顕能《あきよし》の軍勢が大和まで進出してきていて、放っておけなくなったのだ。

北畠親房が、再度京を狙っていることは、ほぼ間違いなかった。河内、摂津でも、楠木軍の動きが活発になる。それを叩くために、義詮は軍勢を出した。無駄なことだと思ったが、道誉は黙って見ていた。

思った通り、いつまでも敵を捕捉できなかった。

五月になると、各地の大名が動きはじめているという情報が流れた。さすがに、義詮は大軍を京に集めようとはしなかった。糧道を断たれれば、そのまま敗北なのだ。

楠木、石塔、吉良の軍勢が、京の西に迫った。やや遅れて、山陰の山名の軍勢が北から接近してきた。義詮は、まず後光厳帝を、叡山に移した。前回のことが、よほど懲りたようだ。ただ、自分は京を一日でも二日でも支えようという気は失っていなかった。そこは、やはり若いのだ。

北と西から、同時に突入された。束の間しか支えきれず、義詮は再び京の放棄を決意した。道誉は、佐々木軍を二つに分け、素速く近江に退いた。

義詮の動きは、かなり遅れた。叡山に逃げようとしたのだ。叡山は、義詮を拒んだ。仕方なく、義詮は後光厳帝を奉じて琵琶湖にむかった。

戦況を見ていた道誉は、秀綱に命じ、堅田《かたた》に船を用意させた。琵琶湖の東岸に移れば、そこまでは深追いしにくい。

かなりの追撃を受け、殿軍の指揮を義詮がやっているという。

「やめさせろ、忠信。後光厳帝を乗せた船に義詮様も乗せろ。踏ん張ろうなどと思うと、殿軍は押し包まれるぞ」

忠信が、小舟で飛び出して行った。堅田までは、琵琶湖で最も幅が狭いところである。戦況はよく見えた。殿軍は、すでに押し包まれかかっている。その中に、義詮もいるのか。道誉は、苛立った。ここで敵に押し包まれるぐらいなら、なぜ京を捨てたのか。

秀綱の軍勢が、敵の中に突っこんでいくのが見えた。それで、押し包んだ敵の輪が崩れた。

船が、三艘、四艘と岸を離れた。

義詮は、三艘目に乗っていた。蒼ざめ、強張った表情をしている。

さらに、船が岸を離れてきた。忠信が乗っていた。秀綱の屍体を抱くようにしている。

見ただけで、秀綱が生きてはいないことが、道誉にはわかった。

「足利義詮と名乗りをあげ、敵を引きつけられました。義詮様が船に乗られたのを確かめてから、離脱しようとされましたが、まず馬が倒され、それがしが駆けつけた時は、もう槍を受けておられました」

道誉は、秀綱の屍体にちょっと眼をやり、すぐに軍勢をまとめた。

「済まぬ、道誉。秀綱は、私の身代りだった。私がなにも考えずに船に飛び乗っていれば、秀綱は死なずにすんだ。敵に後ろを見せることに、私がこだわったばかりに」

「義詮様の身代りとは、秀綱も本望でございましょう。敵は船で渡ってくるつもりのようです。ここはそれがしが防ぎますので、帝を奉じて速やかにお退きくだされい」

「道誉まで、死なせるわけにはいかぬ」

叫ぶように言う義詮を、近習たちが抱えるようにして退いていった。

船が近づいてきた。六、七艘だ。兵も一千には満たないだろう。

道誉は、近づいてきた船に、矢を射かけさせた。それだけで、船は引き返していった。

「殿も、速やかに」

忠信が言う。秀綱は、楯に載せられていた。二人目か、と道誉は思った。乱世である。息子が二人死んだとしても、なんの不思議もなかった。

馬に乗った。全軍が移動しはじめる。

帝を奉じた義詮は、美濃まで行かせ、道誉は近江に残った。秀綱の屍体に、高秀がすがって泣いている。

「おまえの兄者二人は、戦で死んだ。嘆く気持はわかるが、戦場で死に心を動かしてはならぬ。それが、弓矢の家に生まれた者の宿命だ」

「はい」

「これからは、おまえが兄たちに代らねばならぬ。その覚悟も、いまするのだ」

「わかりました」

「陣営を見回れ。覇気のない者は叱咤せよ。佐々木の陣には、敵を一兵も入れるな。それが、秀綱への供養だ」

手の甲で涙を拭い、高秀が立ちあがった。

近江にまで、敵は進出してこようとはしなかった。美濃の義詮の陣営に、もう軍勢が集まりはじめているのだ。

これから、京への物流を断つ。そして、大軍で接近していく。すると敵は、そのまま京を捨てて出ていくのだ。虚しいくり返しだった。

それまでに、ひと月かふた月か。

なんのための戦なのか、敵も味方もわかってはいない。それでも、戦はくり返される。

「美濃には、すでに一万近くの軍勢が集まっております。あと三日で、二万は超えましょう」

忠信が報告に来た。

義詮は垂井に陣営を築き、そこから動かないという姿勢を見せていた。

数日後に、尊氏に後光厳帝の勅定《ちょくじょう》が下った。速やかに上洛せよというのだ。秀綱を死なせたことで、義詮は自信を失ってしまったらしい。父を京へ呼び戻すために、後光厳帝を動かしたのだろう。

勅定が下ったという噂が流れると、垂井に集まる武士の数はさらに多くなった。六万を超え、軍忠状に証判を与えるだけでも、大変な仕事になっているという。

しかし、鎌倉を進発した尊氏の軍勢は、遅々として進まなかった。時をかける尊氏の意図はなんなのか、道誉は考えた。尊氏のことだから、なにか狙いはあるはずだ。京の状態を見きわめようとでもしているのか。

京はひどい状態だった。賀名生の朝廷からの勅使が、京の公家の屋敷などを接収しはじめた。軍勢の略奪もひどかった。義詮は、それを見ても耐えていた。ひたすら、父の到着を待つつもりのようだ。

尊氏が垂井に到着したのは、九月に入ってからだった。

後光厳帝への拝謁をすませた尊氏と、道誉は久しぶりに会った。

息を呑んだ。尊氏の面貌が、すっかり変ってしまっているのだ。痩せ、口もとに深い皺が刻まれ、顔の色はどす黒く、眼だけが異様な光を放っていた。

「秀綱を死なせたそうだな、道誉。義詮は、最初にそのことを俺に言った。おのれの未熟を、恥じているようだ」

道誉は、瓢《ふくべ》に酒を持参していたが、出せないまま床几に腰を降ろしていた。

「それは、酒ではないのか、道誉？」

「なにも入ってはおりませぬ」

「俺を、病人だと思っているのだな。時々、躰の中で俺ではないものが動き回る。それだけなのだ。そいつは、眠っていることが多い。動きはじめると、しつこいこともあるが」

「いつからです？」

「一年ほど前からかな。だいぶ大人しくなったが、一時はひどく暴れた」

「病ですな、それは」

「まあ、病かもしれぬが、癒えてきている。一年前の勅定であったら、俺は上洛できなかった。臥ったままで、足がすっかり萎えて、馬にも乗れぬことがあった」

「上様に死なれると、困りますな。勝負がつかぬということになる」

「勝負はつく」

尊氏が笑った。

「俺は、師直を殺した。それから、弟まで殺した。次は、伜を殺す」

伜が、義詮ではなく直冬であることはわかっていたが、一瞬義詮のことのような気がした。尊氏が、直冬を伜と呼んだことはないのだ。

「やがて、賀名生の主上も殺すかもしれぬぞ。そこまで肚を据えた俺に、おまえが勝てると思うのか」

「上様がどう肚を据えられたか、これから拝見することにいたします」

道誉が盃と瓢の酒を差し出すと、尊氏は無表情にそれを受けた。

「道誉、笛は持っておるか？」

「持ってはおりますが、ここは陣中ゆえ」

「構わぬ。義詮はもう進発する。なに、京では戦にもなるまいよ。賀名生の者どもは、京へ略奪に入ってきただけだ」

「略奪から民を護らず、なすがままにさせるのですか？」

「すべてには、時というものがある。その前になにかしても、それは虚しいだけだ。賀名生は、すでに時を失っておる。それに気づかぬ北畠親房は、稀代の愚か者よ。俺も、親房に劣らぬかな。おまえのような男は、利口者だ」

「なにが利口かは、わかりません。上様より愚かとも思っておりませんが」

先発が、すでに動きはじめているようだった。尊氏の陣営は、義詮の陣営から遠い。道誉は笛を出した。その瞬間、周囲の喧噪も遠くなった。このところ、ひとりで笛を吹くことが多かった。理由はない。そういう時に、笛が吹かれたがっていると感じただけなのだ。笛の音の中に、自分が入っていくこともなかった。笛と戯れる。道誉は、そう思っていた。

尊氏が、低い声を出している。

それは唄のようでもあり、呟きのようでもあった。暗い、滅びの響き。犬王の唄が持っていたものと似ていた。

誰も彼もを殺した。尊氏は、そう言った。主上さえ殺すかもしれない自分に、勝てるのか。そうも言った。殺し尽し、生き続ける。それが、尊氏なのか。

笛を、口から離した。尊氏が、ちょっと道誉に眼をくれた。もっと吹け、と催促しているのかもしれない。それでも、道誉は笛を袋に収《しま》い、腰に差した。

「いつも、弔《とむら》いの響きがあるのう、道誉の笛には」

「あまり考えたことはありません。無心に吹いているつもりですが」

「弔う側の男だ、おまえはいつも。俺は、おまえよりはるかに多く、人を殺しただろう。身近な者まで、殺している。しかし、俺は弔う側の人間ではない。直義を殺してから、俺はずいぶんと考えた。なぜ、こんなところに入りこんでしまったのだ、とも思った。しかし、これでいいのだ。天下は、なるようになる。秀綱が義詮の代りに死ななければ、義詮はもういないということになる。俺も、何度も死にかかった。そんなはかない人間の肩に載っているものが、天下ではない」

「上様が、天下を望み、握られたのではないのですか？」

「たまたま、俺の手の中にあるだけだ。天下には、天下の意志がある。俺はそう思うようになった。人間の知恵などでは到底わからぬ天下の知恵が」

「人がいてこその天下、とそれがしは思いますが」

「当たり前だ。しかし、天下には意志がある。それは、この世で俺ひとりだけがわかることだ。俺は、天下の意志で動かされているだけだと思う」

「それがしが、なにを言ってもはじまらぬのですか？」

「天下の意志はな。俺の意志は、いくらでも変る。道誉がなにか言い、俺の意志を変えさせる。それも天下の意志があるから、そうなるだけのことだ」

「なるほど。それで、上様はこれからどう生きられるつもりなのです」

「あるがままに。殺したいと思った時は殺し、慈しみたいと思った時は慈しむ。怒りたいと思う時、悲しみたいと思う時。すべて、それに逆らわずに生きようと思う」

「たまりませんな、下にいる者は」

「天下の意志が、そう動いているだけだ。おまえが天下人でも、同じことだ。この国の争乱は、鎮まる時が来れば、鎮まる。民は、平和であれば、それでよいのか。争乱があるから、平和がわかる。飢えがあるから、ひと粒の米のありがたさもわかる。俺が背負っているのは、天下ではなく、人の業《ごう》だ。あらゆる民の業だ。おれは、殺すことをためらわぬ。悔いもせぬ。業の重さに、ただ耐えるだけだ」

　尊氏がなにを言おうとしているのか、道誉にはよくわからなかった。悟りとは、まるで違うものだろう。不安もあれば、憎しみもある。そういう中で、尊氏は生きているはずだ。そして、それが当たり前だと思っている。

「俺に、出家でもしろと言うか、道誉」

「まさか」

「こんな話をできる相手が、鎌倉にはいなかった。いや、どこにもいないのかもしれぬな。話すべきことではない」

尊氏は静かに語っていたが、道誉はなぜか圧倒されるような気分に襲われていた。

尊氏が、軽く右手をあげた。

男がひとり出てきた。ごく普通の仕草だが、なんの気配もない。忍びだろう、と道誉は思った。

「血夢という。兄の嘆夢と忍びをやっていた。俺は兄弟に、直冬を殺せと命じてな。無理をしたのだろう。嘆夢は果てた。血夢は、喋れぬ。字も書けぬ。新しい忍びを使えばいいのだが、それもやめた。ただ、血夢をそばに置くことにした」

「手《て》練《だ》れですな」

「それにも、意味はない。いまのような話を、俺は血夢にするのだ。喋る言葉を、血夢は解する。そして、忍びの顔に感情の色が出る。俺は、それを見ている」

「なんのために？」

「俺の、心の色を知るためだ」

「しばらく会わぬ間に、上様は難解になられた。どうしようもなく、難解ですな」

「やることは、難解ではないぞ。誰にもわかりやすいことしか、俺はしないだろう」

「血夢が、それがしのところに現われることがございますか？」

「ある。おまえのところにだけは、血夢は現われる。だから、いまここに呼んだ」

血夢は、無表情だった。

周囲では、まだ喧噪が続いていた。軍勢が、次々に京にむかっている。瓢が空になるまで、道誉は尊氏と飲み続けた。

結局、なんの戦もないまま、幕府は京を回復していた。

道誉は、高橋屋に入った。館を尊氏に譲った義詮も、一緒についてきた。

京での、義詮の評判は上々だった。ひどい略奪をくり返す軍勢が、義詮が入ってくることによっていなくなったのだ。そうすると、民の救いの神のように言われるのだった。

尊氏は、伺候してくる大名たちと、上機嫌で会っているらしい。久しぶりに、征夷大将軍が京にいる、という感じになった。

4

道阿が、旅から帰ってきた。

一年半の旅だった。ひとりきりだ。連れがないという意味だけでなく、端座している道阿をみて、そう思った。孤独のたたずまいが、道阿の全身を覆っている。

「犬王、母者には会ったのか？」

「はい、私を出迎えてくださったのが、母上でした。私が戻るのが、なんとなくわかったとおっしゃられて」

道阿が笑った。笑顔の中にも、やはり孤独の影があった。ただ、一年半の旅で、汚れたという感じはどこにもない。

「阿曽は、死んだ」

「母上にうかがいました。殿と一忠様が看取ってくださったことも、聞きました」

「形見に、笛を貰った。ほんとうは、おまえに渡したかったものだと思う」

道誉は、腰に差した笛を道阿に差し出した。両手で受け取り、道阿はしばらくそれを握りしめていた。それから、道誉に返した。

「いらぬのか？」

「それは、殿への形見でございます。私への形見は、すでに受け取っております、この中に」

道阿が、胸に掌を当てた。道誉は黙って頷いた。えいが、自ら茶を運んできた。

「湯でよろしゅうございましたのに。高価な茶は、私には勿体なさすぎます」

「こんな乱世に、生きて戻ってきたのですから。夕餉《ゆうげ》は、殿と御一緒にな。一忠様もおられる」

「観世丸は、戻りませぬか？」

「いずれ、戻るであろう。おまえの方が、早かった」

めずらしく、えいは道誉のそばに腰を降ろし、眼を細めて道阿を見つめている。

「いずれ、母者に旅の話でもしてやれ、犬王」

「殿にはよろしいのでございますか？」

「わしは、おまえの芸を観るだけでよい。一忠もそうであろう」

「わかりました」

「もう少し帰りが早ければ、義詮様もここにおられた。いずれ、お姿を見せられるであろう」

「羽山様は？」

「忠信も、夕刻には戻る。夕餉の席には、忠信も加えよう」

「剣と学問を叩きこまれました。なぜこんなにと思ったこともありましたが、旅に出てはじめて、それが必要なものであったことがわかりました」

「剣を遣わねばならぬような、危険な目に遭ったのですか、犬王？」

「私は芸人です、母上。ただ、旅の間、なにが起きても虚《うつ》ろになることはありませんでした。あれは、剣が私に与えてくれたものだろうと思います」

　えいが、また目を細めた。

　きれいな旅ではなかったはずだ。銭も、わずかしか持たせていない。惨めな思いをしただろう。遊び女も抱いたに違いない。それでも、不思議に道阿は汚れていなかった。

賑やかな夕餉だった。用もないのに、えいはたえず覗きにきた。かなりの酒を飲み、道誉が居室に戻ったのは深更《しんこう》だった。

　みつという娘が居眠りをしていて、道誉が入っていくと慌てて平伏した。

「おえいを呼べ」

　道誉が言うと、みつの躰が強張った。道誉は、酔った躰を茵《しとね》に横たえた。えいが現われた時、道誉はまどろみかかっていた。えいの後ろで、みつが小さくなっている。

「おみつが、そそうをいたしましたそうで」

「なにもせぬ。おみつは退《さ》がって休め。なんとなく、おまえと話をしたいと思っただけだ」

　みつが退がっていった。道誉は、えいを茵のそばに呼んだ。

「どこか、お揉みいたしましょうか？」

「いや、よい」

道誉は、えいの躰に手をのばした。えいは、抗《あらが》いはしなかったが、自らなにかしようともしなかった。道誉の手のままに動いている。着物を剝いだ。肥っていて、昔の躰の面影はない。犬王を人の子にした乳房は、肥った躰の割りには、萎《しな》びて垂れさがっていた。自分の心の中にあるのが、情欲に紛れもないと、道誉ははじめて気づいた。

えいは、道誉を受け入れる時、眼を閉じただけだった。長い媾合《まぐあ》いではなかった。えいを膝の上に乗せ、萎びた乳房を口に含んだ。えいが、手の甲を口に当て、頭をのけ反らせた。思いがけない快感が道誉を包みこんだ。洩れている呻き声は、自分のものだった。躰をふるわせながら、道誉はえいの中に精を放った。

そのまま横たわる。これも生きていることとか、とふと思った。えいはかがみこんで道誉の股間を拭っている。若い娘の躰にしか触れてこなかった道誉には、えいの躰はもう肉の塊りのようにしか見えなかった。

えいが着せかけてくる寝巻を、道誉は童さながらに転がりながら着こんだ。えいは、なにも喋らない。黙々と、道誉の躰を揉みはじめただけだ。

おかしな夜だった。すっかり変った。犬王の唄を聴いたからなのか、と道誉は思った。えいになにか語りかけようとしたが、いつの間にか眠っていた。

京では、平穏な日々が続いた。

中国に拠る直冬は、山名との連携を深めているようだった。山陰でも、出雲だけは吉田厳覚が護っている。

山名時氏と道誉は、昔から反りが合わなかった。その上、出雲守護の奪い合いをやったのだ。時氏は、戦でのしあがってきた男だった。新田の一族でありながら、はじめから尊氏につき、動くことがなかった。そして、恩賞として何カ国もの守護を手にした。尊氏と直義が争った時、はじめて尊氏から離れたのだ。文字は、まったく読めない。それを道誉は蔑んだことはなかった。坂東で、土地を耕しながらなんとか生き延びてきた武士は、みんなそうなのだ。道誉が時氏を嫌うのは、領地にこだわるあまり、時には汚ない真似もするからだった。時氏も、道誉のばさらぶりがなんとも眼障りなのだろう。

北陸には、斯波高経がいる。足利家と並ぶ家格だと自負を持っている男で、足利一門のかなりの部分が高経に従っている。

この二人を中心にして、かなりの大名が直冬を担ぐ。もはや、賀名生の朝廷の出る幕など、あろうはずもなかった。

したがって、次の京攻撃は、激烈なものになるはずだ。公家が指図する戦とは違う。賀名生の朝廷は、直冬に錦旗を与えることぐらいしかできないに違いない。

関東の叛乱は、上杉憲顕が両端を持す姿勢を取りはじめたことで、新田が孤立しかかっている。代りに、九州で賀名生方の征西府が力をつけつつあった。

道誉は、高橋屋にいて、ほとんど出仕することはなかった。武家申詞を奉上する時だけ、朝廷へ出かけていく。二度の賀名生側の攻撃で、京の公家はすっかり大人しくなっていた。

ただ、公家の表面の顔は信用できない。

勧修寺経顕を通じ、道誉は公家を呼んだ酒宴をしばしば開いた。帰りには、公家が驚愕するほどのものを持たせる。道誉の酒宴に出たいと、経顕に頼みこむ公家が、あとを断たないほどだった。

戦乱さえなければ、民はすぐに活気づく。秋になり、取り入れの季節が終っても、京の周辺で戦はなかった。

旅から戻った道阿は、京の辻へ出て、唄をうたっていた。それは京の民の間で口から口に拡がり、道阿が行くところには人垣ができるほどだった。

「犬王の唄には、やはり滅びの響きはありますな。しかし、人を滅びに誘うものではなくなっている。悲しさやむなしさをかき立てもいたしますが、どこか聴く者の心を落ち着かせるのです。よく、ここまで成長したものです」

一忠が、感嘆したように言った。

道阿の舞いには変幻があり、唄には拭いきれない悲しみがある。そして人は、なぜかそれを求めている。

すでに高橋屋の一角になっている家に、道阿は一座を作った。年の瀬である。芸をする者は、道阿も入れて六名だった。すべて、道阿自身が捜してきたものだ。毎日、河原のどこかで興行をやる。わずかな銭しか取っていないが、見物人の数は増えるばかりで、道誉に頼らなくても、六名の生計《たつき》は充分に立つようだった。

「観世丸が戻れば、また一座を作りましょう。いや、もう作っておりますな。十人ほどで旅を続けているという便りを貰いましたから」

「観世丸はまた、犬王とは違うものを考えているのであろうな。わしが近江猿楽の一座を養っていたころとは、芸そのものが違ってきたような気もする」

「道誉様が、育てられたのです。犬王の成長がなければ、観世丸の成長もなかったでありましょう。この一忠など、もはや形骸のようなものでございますな」

「犬王には、まだ生々しいところがある。観世丸も、おそらくそうであろう。枯れた芸がその間に入れば、これはまた光るぞ」

「枯れた気はなくとも、人は枯れていくのでございましょうな。道誉様のばさらも、どこか枯れてきたように思えます」

枯れていない男が、ひとりいた。尊氏である。道誉より九つ若いが、ずっと過酷な闘いの中で生きてきた。そして孤独だったはずだ。それでも、尊氏は枯れない。京へ戻ってから、むしろ生臭くなった感じすらする。

平穏なうちに、年が明けた。

道阿の京での評判を聞きつけ、尊氏と義詮が高橋屋へやってきたのは、一月の十五日だった。

高橋屋の庭に、仮の舞台が造られた。

道阿の、唄も舞いもはじめてのものだった。舞台から漂い出した気が、空まで覆うような気がした。いままで生きていた場所とは違う、不思議なところへ引きこまれたような気分になってくる。

道阿が、舞い続ける。低く、唄が流れる。時折、笛が入る。囃子《はやし》も入る。尊氏が泣き、義詮の眼が輝いている。一刻ほどの舞いと唄が、束の間で終ったような気がした。

しばらくは、方々から啜り泣きが聞えているだけだった。忘れていたなにか。戦乱の中で見失ったなにか。それを、痛いほどに思い出させる。

「犬王、いや道阿。見事な芸であった」

道阿は、舞台で静かに平伏しただけだ。義詮は、身を乗り出して喋っている。

「心を打たれた。人が、舞いを、唄を持っていてよかったと、しみじみと思った。おまえと観阿弥は、幼きころから私の友でもある。そういう友が、こんな芸を見せてくれたことが、私は嬉しい」

道阿が、また平伏した。冷たい風が吹き渡る舞台で、多数の視線を浴びながら、見事なほど道阿はひとりきりだった。

「館を造るとよいぞ、道阿」

尊氏が言った。

「中に桟敷を造り、雨の日も風の日も、芸を見せられるようにするのだ。人々の、喜びのための館を、わしが造ってやろう」

「恐れながら」

道阿の声は、低く静かで、心のどこかに響くようだった。

「しばらくは、河原での興行をお許しいただきとうございます。雨の日は雨に濡れ、風の日は風に吹かれ、そういう芸を、人々に見て貰いたいのです」

「なるほどな」

「いまだ、未熟者でございます」

「よいぞ。どこで興行をやろうと、この尊氏が許す。時には、わしが観る機会も作ってくれ」

「ありがたきお言葉でございます」

尊氏が引出物を出そうとしたが、道阿はそれを固辞した。その気持が、尊氏にもわかったようだった。

高橋屋での酒宴になった。

誰も騒がず、笑わず、しかも暗い酒宴ではなかった。

二月、三月と、地方では小さな叛乱などがあったが、京は平穏が続いた。

尊氏の体調は、京に戻って回復したようだった。ただ、変った面貌までは戻らない。躰は元気で、以前のように道誉は時々遠乗りに連れ出された。

賀名生で、北畠親房が死んだという知らせは、そういう遠乗りの途中で受けた。

「北畠卿がな」

「ずいぶんと、頑迷なお方ではありましたが、よくも悪くも、あのお方ひとりで、賀名生の朝廷は支えられていました」

「武士を認めさえすれば、俺はあの男と手を組めたような気もするぞ、道誉。北畠卿は、武士は公家の従僕という考えを、ついに捨てなかった」

「上様のことは、恨んでおられましたろう」

「恨みも、これほど長く深くなると、恨みではないものになるような気がする」

「愛憎とでも言う」

「それとも違う」

「上様が言われることが、このごろはそれがしにはよくわかりませんな」

「駈けるか、道誉」

「駈けますか」

並んで駈けた。近習たち、警固の武士、と後方に続いている。

ひとしきり駈けると、尊氏は手綱を引き、馬を降りた。

郊外の、原野である。何度も戦場になったところだが、春になると嘘のように緑の草に覆われる。尊氏は、その草の中に立って、空を仰いでいた。北畠親房の死を、悼《いた》んでいるようでも、喜んでいるようでもなかった。

「戦が、近づいている」

「そうですな」

直冬を担いだ山名、北陸の斯波、この二大勢力につく大名たち。幕府と拮抗する力だろう、と道誉は読んでいた。そしていま、じっくりと力を蓄えている。

「戦には、負けぬ」

「自信がおありですか」

「わかるのだ、負けぬとな。しかし、それで乱世が鎮まるわけでもない」

「いくらかは、ましになりましょう」

「わからぬ」

尊氏は、まだ空を仰いでいた。

「俺は、死ぬだろう。そんな気がする」

「足利直冬に討たれてでございますか？」

「まさか。戦は、俺が勝つ」

「それでも、死にますか？」

「この国の平和など、見たくもない」

「思ったことを、そのまま口にされますな」

「俺は、戦に生きた。それを悔んだこともない。本心を言えば、戦で死にたいものだ。しかし、俺を殺すほどの戦は、この国では起きまいよ」

尊氏は、なにかを感じているのだろう。そして、道誉にはまだそれがなにかはわからない。

「俺とおまえの勝負は、俺の勝ちだ」

「御自分ひとりで、それを決められますのか」

「死んだ者に、どうやって勝とうというのだ、道誉？」

「いま、上様は生きておられる」

「いまは、すでに過去だ。ちがうか。息ひとつさえ、過去になっていく」

尊氏が、声をあげて笑った。道誉は、尊氏が見あげている空を見た。蒼い色の中に、雲がいくつか浮いているだけだ。風が、草原を揺らしていた。

「いま一度、駈けようか、道誉」

「承知」

従者が、馬の手綱を差し出してくる。

「颪になるぞ、道誉」

尊氏の言葉が、切れ切れに道誉の耳に届いた。

第十章　尊氏は死なず

1

京を進発した。

総大将は義詮で、尊氏は見送りに出てきただけだった。春に北畠親房が死に、賀名生《あのう》の朝廷の勢いは花がしぼむように弱くなっていたが、中国にいる直冬の動きは看過できないものになってきた。

そういう理由での、誘いの出兵だろうと道誉は思っていた。中国の山名時氏、師氏や、北陸の斯波高経を討つために出兵するのは、幕府にとっては大きな負担なのだ。山名も斯波も、京に誘いこんでから討った方がいい。ついでに、直冬も討とうというのか。

直義についていた武将は、思い返すと多かった。その大部分が、いま直冬を担ごうとしている。尊氏は御教書を出したりはしているが、山名、斯波への強い工作は行っていないようだった。関東の上杉憲顕にだけは、懐柔の手を差しのべている気配だ。

十月だった。

播磨に滞陣している時に、道誉は尊氏からの使者を受けた。義詮が無事に播磨に着陣して安心している、という書状だった。今度は、義詮にも必死の戦をさせなければならない、という意味をこめているのだろう、と道誉は思った。

道誉は、姫橋の率いる千五百の兵を連れてきていた。佐々木軍の精鋭である。

「今年も、稲の刈入れはできたようですな」

義詮の本陣へ行って、道誉はのんびりと言った。伯耆へ直冬が入ったという注進を受けて、義詮はかなり神経を尖《とが》らせている。中国の武将も、伯耆へむかう者が多くなっているのだ。山陰路には、幕府側として山名、直冬の軍勢を阻止しようという者もいるが、本格的に敵が動き出したら問題にならないだろうし、あえてひとつにまとまることも尊氏はさせていなかった。

「また京を占領させると父上は言われるが、それではあまりに情ないと思わぬか、道誉？」

「これまで、二度も義詮様は尻尾を巻いて逃げておられます。二度も三度も同じで、今回は、征夷大将軍自らも逃げるということで、それはまあもの笑いの種にはなりましょうな」

刺激することを言ってみるが、義詮は唇を噛んで耐えている。山陰路では時々ぶつかり合いが起きているし、それは山陽路にも波及してきそうに見えた。戦は、すでにはじまっているのだ。

播磨から、山越えで伯耆を衝《つ》く態勢で陣は組んである。しかし、ここからは動かない。山越えをすれば、兵站がもたなくなる。それは義詮にもわかっているはずだ。山名時氏や斯波高経を京へおびき寄せる。それが作戦の第一段だった。山名も斯波も、歴戦の武将である。しかも賀名生の朝廷に指導されてはいない。本気で、京を奪うつもりで来るだろう。ぶつかり合いで勝つ以外にはないのだ。兵力は、恐らく互角だろう。

秋が深まるにつれ、直冬を推戴した山名軍の動きは活発になってきた。

直冬は賀名生の朝廷に降り、尊氏討伐の綸旨を貰おうとしているようだった。さすがに、抜目はない。ただ、新しいことを考えるまでには到っていない。

この戦は、前に二度京を奪われた時と同じかたちになるはずだった。ただ、尊氏は新しいことを考えている。つまり、敵を誘い出して討つということだ。山名も斯波も、攻めているようで、実は尊氏に攻められている。尊氏にとっても、大きな賭けだった。破られれ

ば、いままで築いてきたものを失う。関東に逃げ、逼塞できればいい方だろう。義詮とも
ども、討たれることも考えられるのだ。

尊氏は、そういう賭けが好きだった。長い間そばで見ていて、道誉にはそれがよくわかった。すべてを投げ出して闘う時、尊氏は充実するようだった。日頃の優柔不断さからは考えられない、驚くような変貌を見せるのもそういう時だ。

直冬を戴《いただ》いた山名が、京にむけて動きはじめた。北陸の斯波、桃井《もものい》も呼応して動いている。賀名生の軍勢を率いた楠木正儀が、素速く出てきて男山八幡に布陣したのは、十二月の中旬だった。

尊氏が、後光厳帝を奉じて近江武佐寺へ走ったのは、十二月二十四日である。

尊氏の時。それがいま来ている、と道誉は思った。義詮は、すぐにでも京へ返しそうな様子だが、それは止めた。まだ、男山八幡に楠木軍がいるだけである。楠木正儀は、兄の正行のような戦はしない。攻めれば逃げる。それをくり返すだろう。尊氏も、武佐寺から動こうとはしていない。義詮にどうしろという指図もしてこない。父子がそれぞれに闘うぞ、と無言で伝えてきているようなものだ。義詮も、それを感じている。これまでの不名誉をそそぐのはいまをおいてない、と勇み立っているようだ。

義詮も、まともな武将になりつつある。負けが男を大きくするというのは、間違いのな

いことだった。

「最初のぶつかり合いは、われらでございますな。それに勝てるかどうかで、この戦が厳しいものになるかどうかが決まりましょう」

「まこと、われらが最初に敵にぶつかると思うか、道誉？」

「間違いなく」

「そうか、敵はまず摂津へ出てくるか。淀川の物流を確保するのが第一であろうからな」

義詮は、見るところは見るようになっている。今度の軍勢は、戦を知らない賀名生の朝廷の指図などは受けていない。歴戦の武将ばかりである。京を、どうやって維持するかまで、考え尽しているのだ。

「淀川を止めるだけで、敵の兵站を切ることにはならぬと思います。琵琶湖の水運はすでに止めておりますが、若狭からの陸路は難しいのです」

「それでも、まずは淀川を止めることだな」

「御意」

「摂津へ敵が出てくるまで、私は待てばいいのだな」

「最後は、総大将たる義詮様がお決めになることです」

言っても、義詮は不安そうな表情はしなかった。

年が明けた。

まず楠木と、北陸から来た斯波、桃井の軍勢が京に入ったという知らせが来た。尊氏は近江坂本に軍勢を集めつつあったが、動いてはいない。

義詮は、しきりに忍びを放って京の情勢を調べているようだった。苛立っている気配はある。尊氏は、動かなかった。反幕府の勢力がどれぐらいか、見極めようとしているのだろう、と道誉は思った。道誉が黒夜叉に探らせているのも、それだった。

直冬を戴いた山名時氏、石塔頼房の軍勢が京に入ったのは、一月二十二日だった。同じ日に、尊氏も動きはじめていることがわかった。二日後にそれを知った義詮は、即座に全軍に進発の命を出した。

「山名時氏、師氏、楠木正儀らの二万が、摂津神南にむかっております」

黒夜叉からの知らせだった。義詮にも、同様の知らせが入っているだろう。

「戦のことはもうよい。おまえは、かねて命じてあった通りにな」

黒夜叉が頭を下げ、消えた。

義詮は、軍勢を急がせてはいなかった。敵をよく見ようとしているようだ。一万七千の軍勢で、ほぼ互角と言っていい。

摂津へ入ると、敵の陣形はほぼ読めてきた。山名時氏を中心とした、魚鱗である。定石通りの守り方だった。山名時氏の限界だろう、と道誉は思った。攻めてきた側が、守りに入っているのだ。

「なんと見る、道誉？」

「崩すのには、手間がかかりますな」

「山名時氏ほどの男が、正面から攻め立ててたやすく崩れるとは思えぬ。といって、側面や後方の備えも怠っておるまい」

「ということは、どこから攻めてもうまくはいかぬということでございますな」

道誉は、声をあげて笑った。

「なにがおかしいのだ？」

義詮が、はじめて表情を険しくした。

「山名時氏ほどの男、と申されましたな？」

「言った」

「確かに、歴戦の強者ではあります。しかしその戦のすべては、上様のもとで闘ったもの。鎌倉を出た時から、ずっと上様とともに戦をしてきたのです」

「だから？」

「いまは、足利直冬を担ぎ、上様を敵に回しております。乱世を戦で乗りきってきた男ではありますが、いまは上様を敵にして不安なのでございましょう。それが、あの堅陣に出ております」

「私は、どう攻めるべきか訊いている」

義詮は、険しい表情のままだった。笑っている道誉にも、腹を立てているのだろう。

「だから、攻められぬと申しております」

「戯れ言か、道誉。ここは戦場だぞ」

「わかっております。攻められぬものは、攻めずに通り過ぎてしまえばいいのです。ここで山名時氏を破るのが目的ではなく、京を奪回するのが目的ではありませんか。われらが、相手にせずに京へ進むのを見たら、時氏は慌てましょう。あれほどの堅陣、解いて追い討ちをかけるのにも手間がかかります」

「なるほど」

「攻めると見せかけながら、通り過ぎてしまえばよろしいのです。追ってきたところを逆に迎え撃てば、勝機も見えましょう。殿軍《でんぐん》は、野戦に馴れた赤松殿にでも。この道誉は、伏勢となって、敵の横を衝きます」

義詮の険しい表情は消えていた。

「まともに攻めるより、勝機は見えるという気がする」

「この道誉の献策ではなく、義詮様御自身の策として、諸将に下知を出されませ。お気に召せばの話ですが」

「やる」

義詮が言った。

それからの動きは速かった。赤松の軍勢が矢を浴びせている間に、ほぼ全軍が山名の陣の脇を駈け抜けた。道誉はすぐに、佐々木軍を横に走らせた。旗も伏せさせる。丘をひとつ越えたところで、反転し、停止した。さすがに姫橋が鍛えあげた精鋭だけあって、一兵も遅れてはいない。

山名時氏は、駈け抜けていく敵を見て、明らかに狼狽したようだった。さすがにすぐに立ち直り、騎馬を先頭に追撃をかけはじめた。赤松則祐《のりすけ》の軍が、小さくかたまったまま左右に動き、追ってくる騎馬隊を巧みに散らした。徒の兵も追いつきはじめる。道誉と姫橋は、丘に腹這いになってそれを見ていた。赤松軍と山名軍の先鋒がぶつかりはじめる。赤松軍が押されはじめるが、反転した義詮が戻ってきて、激しい揉み合いになった。

「いまでございますぞ、殿。あそこを」

姫橋が指さす。すでに馬は曳かれてきていた。

「久しぶりだ。わしも先鋒で駈けようかの」

「殿、それは」

「姫橋、わしが老いていると思っておるな」

「殿に万一のことがあれば」

「よい。これは戦だ。死ぬ時は、流れ矢でも死ぬ。旗を立てさせろ、姫橋」

それ以上、姫橋も言わなかった。馬に跨がる。躰の血が熱くなった。道誉が太刀を抜き払うのと同時に、姫橋が雄叫びをあげた。駈け出す。土煙が、あっという間に近づいてきた。敵。顔のひとつひとつが見える。最初にぶつかった騎馬武者を、道誉は一刀で斬り落とした。二人目は、姫橋が横から出てきて首を飛ばした。押した。押し続ける。敵の中を駈け抜けた時、道誉は息を弾ませていた。

姫橋は素早く全軍を反転させ、再び攻撃に移っている。道誉も駈けた。若い者に負けぬ。そんな意地を剥き出しにしている自分が、おかしかった。二人斬った。返り血が熱かった。そばで姫橋が叫んでいる。もう一度、敵の中を駈け抜けた。

反転する。その時、敵はもう潰走をはじめていた。

「勝ちましたな、殿。とりあえずですが」

道誉は、まだ荒い息をついていた。すぐに言葉は出てこない。野駈けなどとは、まるで違っていた。戦らしい戦は、久しぶりなのだ。

「くたびれるな、姫橋。戦がこれほど大儀なものだとは思わなかったぞ」

「よくやられました、そのお歳で」

「若い者の時代かのう。こんなことは、一刻もやっておられぬ。日頃鍛えているつもりでも、どこかやわになっているのであろう」

「大将たるお方が、雑兵のように闘われるからです。雑兵の中に、殿と同じ歳の者などおりません。そのことを、もっとお考えなされなければ」

二ツ引両の旗が近づいてきた。近習に護られた義詮は、汗ひとつかいていないようだった。道誉を見て、義詮が眼を見開く。

「手負うたのか、道誉？」

「なんの。返り血ごときに、総大将がそのような声は出されますな」

「返り血か。横から攻めこんだ佐々木軍の先頭にいたのは、やはりおまえか」

「なかなかに、戦は大儀でございますな」

「歳を考えよ、道誉。そなたに死なれたら、私が困る」

道誉は、六十になっていた。しかし、自分が老いていくと感じたことは、まだない。それは気持だけのことで、躰は老いて衰えているとしか思えなかった。それが、妙におかしくもあった。

「深追いはされませんように、義詮様。いずれ敵の逃げるところは山崎あたり。それに主力は京の中でございます」

「わかっている。父上は東山に布陣され、仁木義長《にきよしなが》が嵐山に布陣を終えたという。京を挟む恰好だ。勝負は決したも同然だろう」

「どうですかな」

勝負が決したと見るのは、早すぎた。まだ緒戦がはじまったばかりだ。京の軍勢に闘う気さえあれば、たやすく攻略はできない。

姫橋が差し出してきた晒《さらし》で、道誉は顔の返り血を拭った。

2

尊氏の本陣は、山科《やましな》と祇園《ぎおん》の間あたりだった。義詮の軍勢が合流して四万ほどになっている。嵐山に仁木の軍勢が一万近くいるので、東西から京を挟撃するかたちだった。

直冬を総大将とする敵は、山崎から鳥羽にかけて二万、京の中に三万である。

淀川の物流は義詮の勝利で止めたが、北からの兵站線は切れていない。たやすく干上がるということはなさそうだ。

「京が、また燃えるな、道誉」

尊氏は、道誉を本陣に呼ぶことが多かった。本陣の周囲はいつも静かで、陣幕の外には近習が二人控えているだけだ。

「俺は、何度この京を燃やしただろう。それでも、京は蘇える。まるで魔物だな」

「愉しんでおられるのですか、上様は？」

「いや、憎んではいると思うが、愉しんではおらぬ。武士はもとより、公家にも、朝廷にも勝てる。しかし、京には勝てぬ。どうしたら勝てるかずっと考えたが、方法は見えん。京から逃げることだが、鎌倉の幕府も、結局は京に潰されたようなものだ」

「京とは、天皇のことでございますかな」

「そうとも言える。天皇と朝廷とは違う。また、天皇その人のことでもない。天皇その人との闘いということであれば、俺は後醍醐帝との闘いには勝ったと思う」

尊氏の気持が、道誉にはなんとなくわかった。京と、天皇という存在そのものが、重ね合わされて見えるのだろう。

「二人の天皇が」

「三人になり、四人になる。そうできるかもしれぬと、俺は考えた。できるとしたら、北畠親房が死んだいまだけであろう。だが、直冬はそれをせぬ」

足利直冬が、京へ入り、別の天皇を推戴し、そのあとで征夷大将軍となる。後光厳帝と賀名生の後村上帝を合わせれば、三人の天皇になる。尊氏は、直冬がそうすることを待っていたのかもしれない。しかし直冬は、賀名生の朝廷に降伏し、錦旗を手に入れようとしている。

「二つでは、駄目ですかのう?」

「駄目だな。天皇の数を増やすことでは、なにもできぬ。いまある二つの朝廷も、いずれはひとつになると思う。征夷大将軍はかわっても、この国で天皇という存在がかわることはあるまいよ」

「不思議な国でございますな」

「その不思議さが、俺にはわかっていなかった。だから、おまえや赤松円心にそそのかされて、九州に落ちる時に持明院統の錦旗を貰った。錦旗さえあればいい、と思ってしまったのだ」

「あの錦旗がなければ、九州の武士があれほど集まったかどうか。したがって、いまの上様があったかどうか」

「俺がいようといなかろうと、この国はこれほど乱れてはいなかったはずだ。触れてはならぬものに触れたのだろうな、俺は」

尊氏の面貌は、鎌倉から戻ってきた時のままだった。ただ、なにかしら肚の底にある力のようなものは感じる。

十日ほどの睨み合いのあと、両軍の主力が六条河原でぶつかった。すぐに七条河原も戦場になった。道誉は、尊氏とともにそれを高台から見ていた。続々と入ってくる注進に、尊氏は迷わず下知を与えたが、どこか心が戦から離れているように道誉には思えた。

京が燃えはじめる。

尊氏は、床几から腰さえもあげなかった。京の建物が燃えているだけで、京そのものが燃えているわけではない、と思っているのかもしれない。

夕刻とともに、両軍は兵を退かせた。燃える京が、眼下に拡がっているだけだった。

諸将が、軍議に参集してくる。

尊氏は尊氏であり、しかしどこか違った。それを感じているのは、道誉だけかもしれない。尊氏の下知に諸将は感嘆したように頷いている。尊氏が鎌倉から戻って、はじめて指揮を執る戦らしい戦だった。

その後、数日おきに小競合いがあり、そのたびに京からは火の手があがった。東山から見降ろすと、京の半分は焼失しているように思えた。

軍議のあと、尊氏に残るように言われた。

小さな営舎が建てられていて、尊氏はそこに起居している。花一揆を中心として、本陣の夜襲の備えは万全と見えた。敵への夜襲の献策はあったが、いまのところ尊氏にはそれをやる気はなさそうだった。

「会って、礼を言った方がいいのかのう、道誉？」

「ほ、それがしにですか？」

「なにを言う。命を救われても、俺はおまえに礼は言わん」

近習に鎧を取らせると、くつろいだように床几に腰を降ろし、尊氏は酒を命じた。

「敵の兵站が、少しずつ細くなってきた。淀川は止めてある。琵琶湖もだ。若狭から、丹波を通って山越えで入っておるな。さすがに斯波高経よ。しかし、頼みの山越えが、しばしば失敗しているようだ」

「よく見ておられますな、上様」

「巧妙に、近江は避けたというのに、またぞろおまえに邪魔をされて、斯波高経の腹は煮えておろうな」

「それがしは、なにも」

「だから、おまえが使っている者に、礼を言おうかと申しているのだ」

「お心遣いなく」

「ほう」

「名利を求めている者どもではございません。したがって、名も申しません」

「おまえは、そういう者どものどれほどを動かせるのだ？」

「ほぼ、二十万から三十万を」

「なんと？」

「これは高言が過ぎましたかな」

「いや、山の民のすべてが集まれば、それほどにはなろう。おまえは、兵を養うことはせぬ。ここ数年で、領地は二倍にもなったであろう。押しも押されもせぬ大大名よ。それが一万ほどの兵を抱えているだけだ」

「精兵一万で、充分でしょう。あとは、領内の民がいくらかでも楽になればよい、と思っております」

「小賢しいのう。戦ばかりでこの国を踏み荒らしている俺への、当てつけか。兵を養うかわりに、山の民を動かす力を養ったとは、なおさら小賢しい」

「しかし、上様は眼が澄んでこられましたな。それがしがなにをやろうと、お見通しではありませんか」

「心のままよ。そう決めた。決めると、見えてくるものがある。義詮は凡庸な男だ。それも見える。その義詮を、かわいいと思っているおのれも見える。俺の心のままで、この国が乱れるのなら、それもよい」

道誉は、盃を口に運んだ。大きくなった。いつの間にか、自分とは較べものにならないほど、尊氏は大きくなった。それも圧倒してくるような大きさではなく、茫洋と包みこんでくるような、得体の知れない大きさだった。

「山の民を動かすのは、銭か？」

「その前に、信じ合えるかどうかですな」

「おまえを信じるから、俺をも信じてくれるということはないのだな？」

「ありません」

「それでは、兵站を切ることは、おまえに任せよう」

「お受けできません。それがしが勝手にはじめ、いつかは勝手にやめてしまうことです。そういうそれがしを、あの者どもは信じてくれるのです」

「では、なんのためにやっている」

「それは、上様に勝つためだけでございます」

口に運びかけた尊氏の盃が、束の間とまった。それから笑った。笑顔が、はっとするほど荒《すさ》んで見えた。心が荒んでいるだけでなく、躰も荒んでいるのだ、と道誉は思った。

「俺に勝とうなどとは、もうするな、道誉。俺と一緒に滅びていくようなものだぞ」

「そんな気も、いまいたしました」

「兵站を切れ。十日後に、最後のぶつかり合いになる」

十日で、敵が干上がることはないだろう。兵站を切ってひと月。そこからは脱落する軍勢も出てくる。

「春になった。桃も咲いた。戦が終れば、桜だ。どんなに京が黒焦げであろうと、嵐山は見事な桜であろう。それを背景に、観阿弥と道阿の芸が観たい」

「桜は、人の気を惑わせますぞ」

「惑ってみたいものだ。惑いながら、芸を観るのも悪くないという気がする」

小競合いでもあったのか、遠くで喚声が聞えた。

営舎から、道誉は馬で自分の陣へ戻った。本陣の周辺は義詮や細川の軍勢が固めていて、道誉は左翼である。京に入ってから、近江の兵をさらに一千呼んだので、二千五百になっている。右脇が、本家の氏頼の陣だった。一度出家した氏頼は、家臣に懇願されて戻ったという恰好だった。佐々木一門の惣領は道誉だと義詮は言っているが、道誉は気にせず氏頼を立てていた。

三日経った時、道誉の陣に黒夜叉が現われた。雑兵をひとり伴っている。

「久しいのう、寺田太郎坊。悪党も、いまでは山の民の中に埋もれてしまったか？」

「悪党の時代ではありません。私は山の民で、寺田披《ひらく》と名乗っております」

「それでも、丹波の山中に人を出してくれたか。山の民は、戦には関わらなかったのではないのか？」

「佐々木様がくだされた銭で、山の民が潤いました。長老たちも、それを忘れてはならぬといつも申しております」

若狭、丹波から京へ入ってくる敵の兵站を切っているのは、寺田太郎坊が率いる山の民の一隊だった。三千ほどが集まっているという。銭の報酬を出すとは言っていない。いつまで続くかと思っていたが、やめる気配はなかった。

軍勢ではないので、完全に兵站を切ることはできない。山崩れとか、倒木とかで道を塞ぎ、兵糧隊を通れなくしているだけだ。道は新しく拓《ひら》かれ、また塞がれる。そのくり返しだった。

「将軍家が、おまえに礼を言いたいと申されていた」

「将軍のためにやったことではありません。佐々木様の頼みだったから、やっただけです。会いたくもありません」

「まあ、将軍家も、山の民がどんなものか会ってみたいと思われたのであろう。わしが断っておいた。しかし、わしが礼を言わぬというわけにも参らぬ」

「また、銭を倉ごとくれようとでも言われるのですか？」

「望みならば」

「山の民は、もう銭を必要としなくなっております。ささやかながら、静穏な暮しを営んでおりますので」

「余計な銭は、ただの毒にしかならぬか」

酒を運ばせた。姫橋も同席したが、どことなくぎこちなかった。昔は姫橋も一端の悪党だったが、いまは佐々木軍の部将である。昔のことは、思い出すだけらしかった。

「あの時より、銭を払うのはたやすい。わしも、別な礼を考えなければなるまいな」

「ひとつだけ、望みはあります」

「わかった。それを礼としよう」

「いいのですか、なんの望みか聞かれる前にそれを言われても」

「おまえの望みが、この道誉に死ねということであれば、死んでみせよう。ただな、太郎坊、おまえの望みがそんなものでないことが、わしにはわかる。人としての則《のり》を、しっかりと身につけてしまったようだ」

「言われれば、その通りでございます。妻を娶《めと》り、子を生《な》し、やがて静かに老いていくのだろう、とふと考えたりする日々でございますからな」

姫橋が、下をむいたまま口もとを綻《ほころば》せた。悪党の末の対比が、おかしかったのかもしれない。道誉の部将となった姫橋は、いまだ戦乱の中である。

「山の民の中に、芸能をよくなす者たちがおります。人が観て、心を動かしてこその芸能。佐々木様の御領地で、興行をさせていただくわけには参りませぬか？」

「たやすいこと。わしの領地などと言わず、どこででもやればよい」

「京でも？」

「文句を言う者がいたら、佐々木道誉の名を出せばよい。京は焼けた。人々の心に、芸能は力を与える。悲しみを癒す。だから、京でもやればよい」

「そのお許しを、佐々木様にいただけるならば」

「ただしな、太郎坊。芸能のことは、わしひとりで決めるわけにはいかぬ。見苦しき芸は、人の心を汚す。興行をしてもよいかどうか、一忠に決めさせようと思うが、どうだ？」

「それは、もう。芸とは、資格も必要なものでございます。一忠殿がその判断をしてくださるなら、むしろ思いがけぬ幸運」

「では、そう決めよう。興行だけで生計《たつき》が立たぬ時は、祇園の高橋屋で面倒を看てくれる。それでよいな？」

「ありがとうございます」

道誉は頷き、酒を口に運んだ。

「私も、礼を申しあげます。よくぞ、私ごとき者をお忘れにならず」

「よせ、太郎坊。わしとおまえは、男として出会った。それだけのことだ」

「わかりました」

「姫橋もそこにおる。それでよかろう。戦陣ゆえ、酒を過すことはできぬ。わしの笛でも聴いていかぬか、太郎坊」

「あれから、上達なされましたか？」

「上達などするものか。したくもない。笛の音《ね》に、死んだ人間の声が入り混じってくるだけよ」

「つらい笛を吹かれます、佐々木様は」

「おまえも、うまい兎などを食うことはあるまいが。それと同じことだ」

太郎坊が、声をあげて笑った。

道誉は、笛を口に当てた。

不意に、北畠具行が声をかけてきた。柏原で北畠具行の首を刎《は》ねたのは、二十年以上も前のことだった。三十七歳だった、と道誉は思った。あのころはまだ鎌倉の幕府があり、六波羅探題の命で具行を斬ったのだ。具行は、四十二歳だった。

　具行の声が、聞え続けている。なんと言っているかはわからないが、心の底にそれが谺《こだま》し続けている。あれから、乱世が続いている。そして、道誉は六十歳になった。

　笛を口から離した。太郎坊も姫橋も眼を閉じていた。

「太郎坊。また会うことはあるまい。おまえのような男が、この国の山のどこかにいる。そして静かに暮している。それは忘れぬようにしよう」

「佐々木様も、おすこやかに」

　床几から腰をあげ、一礼すると太郎坊は陣幕の外に出ていった。

「どうした、姫橋？」

「悪党も、それぞれでございます。それを考えておりました」

「そろそろ、戦がはじまるぞ」

「数日後、でございましょうな。羽山殿を近江からお呼びにならなくてもよろしいのですか？」

「敗軍の半数は、近江へ逃げるであろう。領内を守らせなければならぬ」

「この戦、いまのところ互角でございますが、殿は勝つと思っておられますか？」

「勝つ。足利尊氏が、そう言ったのだ」

道誉は、笛を腰の袋に戻した。

三月二十三日、仕掛けてきたのは敵からだった。直冬にも、斯波高経にも、兵糧欠乏の焦りがあったのだろう。

二刻ほどぶつかり合いが続いた。互角だった。佐々木軍には、まだ出動の下知は届かない。土埃の中の二刻が過ぎると、両軍が分れた。これで最後だと見たのか、斯波高経の軍勢はかたまったまま後退しはじめた。

本陣に呼ばれた。

尊氏は、戦場を離脱しはじめた敵に、追撃はかけなかった。軍勢を戻し、陣を組み直しただけだ。

やがて、直冬が男山八幡に拠ったという注進が入った。まだ兵力は三万ある。さすがに、歴戦の武将が集まっているだけはあった。ただ、男山八幡に拠ったということは、京を捨てたということだった。

「追撃し、揉み潰すべきだと思います」

言った義詮の方へ、尊氏はゆっくりと顔をむけた。動きかけた尊氏の唇が、途中で止まった。直冬を殺そうという気がないのだ、と道誉は思った。直冬が息子であることが、ここになって気になりはじめたのか。それとも、義詮に兄弟を殺したという思いを抱かせたくないのか。

「行こうかの。軍勢を進めよ」

諸将が動きはじめ、やがて軍勢も動きはじめた。道誉は、尊氏のそばにいるように命じられた。尊氏は、一度空を仰ぎ、それから曳かれてきた馬に乗った。

男山の一里ほど手前で尊氏は軍を停め、散開させた。陽が落ちはじめている。

「あとは、明日の朝だ。篝《かがり》は充分に燃やし、敵は一兵たりとも近づけないようにせよ。兵には、兵糧をとらせるのだ」

それだけ下知を出すと、尊氏は陣幕の中に消えた。

「どう思う、道誉？」

「上様が、明日の朝と言われました。それでよろしいのではありませんか、義詮様」

「そうだな。こちらがここまで押してきたのだ。なにも、闇の中で戦をすることはない」

義詮の口調は、自分に言い聞かせているようだった。

尊氏の本陣の脇で、道誉はその夜を過した。一度姫橋が佐々木軍の陣立てを伝えに来たが、あとは近習二人をそばに置いておいただけだった。

夜が明けた。結局、夜襲もない静かな夜だった。

「馬を曳け」

尊氏が言った。道誉を見て、尊氏はちょっと笑った。

「命鶴丸、花一揆から精鋭の一千騎を選び出せ」

「父上、物見にでも出られるのですか？」

「いや、男山の敵を追い払う」

「ならば、総攻めですか？」

「軍勢は動かさぬ。あれほどの敵、花一揆一千騎で充分だ。おまえは、ここで見ておれ」

「一千騎などと、そのような」

「わしは、征夷大将軍ぞ、義詮。征夷大将軍がどういうものか、しっかりと眼を開いて見ておれ」

饗庭氏直が、一千騎が揃っていると伝えに来た。さすがに動きは早い。一千騎は、敵陣をむいて轡《くつわ》を並べている。

誰も、尊氏を止めようとはしなかった。

「旗を揚げよ」

尊氏の声が響いた。

「錦旗はいらぬ。源氏の白旗を揚げるのだ」

朝の気の中に、白い旗が翻った。

尊氏が進みはじめる。一千騎が、尊氏を中心にして両翼に拡がった。駈けてはいない。粛々として、男山にむかって進みはじめる。一千騎の気が、原野に満ちた。風も熄《や》んでいる。

男山に、明らかな動揺が走るのが、道誉がいるところからもはっきりとわかった。わずか一千騎が、三万の軍勢を圧倒している。

斯波高経の旗が動いた。次に、山名時氏が動く。ともに陣を払っているということが、よくわかった。やはり粛々と旗を伏せ、男山を降りていく。それに続いて、乱れた軍勢が山を降りはじめた。

最後まで残ったのは、直冬と桃井直常《なおつね》だけである。それも、尊氏が男山の麓に達した時は、動きはじめていた。

尊氏が、男山に登っていく。

やがて、男山に白旗が翻った。

3

恩賞など、どうでもよかった。義詮が、適当に与えればいいのである。

尊氏は、万里小路《までのこうじ》の屋敷で臥《ふせ》っていた。躰の中で、またなにかおかしなものが駈け回りはじめた。不意の痛みに襲われる。息が吸えないほどの痛み。束の間耐えると、それは躰のどこかに紛れこんでいく。

暑い間、尊氏は臥ったまま過した。

ようやく楽になってきたのは、秋に入ってからだった。まず、歩くことからはじめた。ひと月もそれを続けていると、馬にも乗れるようになった。

戦はなかった。

時々、遠乗りに出た。戦があればまだ闘える、と尊氏は思った。春先の京の争奪戦では、直冬が互角の闘いを挑んできた。しかし自分を殺すほどのものではなかった、と尊氏は思った。

楠木正成が生きていたら。あるいは、北畠顕家が生きていたら。臥っていると、よくそういうことを考えた。自分に、生きるか死ぬかの戦をさせる武将は、もういない。

直冬は、石見にいるという。しかしもう、直冬のもとに集まろうという武将はいないらしい。憐れむような思いが、しばしば去来した。すでに、義詮の敵ではなくなっている。

寒くなった。尊氏は体調が若いころに戻ったのだ、としばしば感じるようになった。遠乗りに出ても、息ひとつ切れない。近習に夜伽を命じることも、しばしばだった。躰の中を駆け回っていた得体の知れないけもののようなものは、眠ってしまったのか。あるいは、どこかへ去ったのか。

京の町も、見て歩いた。

焼跡には、新しく家が建ちはじめている。市も立って、人は多かった。といって、平和とも言いきれないのである。守護たちが、勝手な主張をし、しばしばいがみ合っていた。それもいい、と尊氏は思った。そういう状態の中から、義詮は役に立つ者を選び出していけばいいのだ。

年が明けてすぐに、越前から斯波高経が上洛してきた。幕府に降伏したという恰好である。

足利一門の名流だった。自らも、征夷大将軍の資格はある、と考えていただろう。尊氏と直義の争いの中で、直義について以来、幕府と対立し続けてきた。ひとかどの男なのだ。だから尊氏につかず、直義についた。あの争いの理は、終始直義にあった、と尊氏は思っている。

守護たちがいくら勝手をしようと、将軍たる自分の勝手には及んではいないのだ。かわいいものだ、と尊氏は見ていただけだった。

万里小路の屋敷に、ほかの守護たちも呼び、尊氏は斯波高経と対面した。

「久しいのう、高経殿」

「はっ」

高経は平伏している。

「頭をあげられよ。いろいろとあったが、それは忘れたい。いままでのように、北陸を守っていて貰えるのなら、それでよい」

「それで、よろしいのですか？」

「そうして貰いたい。足利一門の重鎮には、それなりの仕事がある」

「お咎めを、覚悟して参りました。隠居して、子息義将《よしまさ》に家督をとお願いするつもりで」

「隠居などとは、虫が良い。高経殿には、もっと働いて貰わねばならぬ。のう、道誉」

道誉は、そ知らぬ顔をしていた。高経と道誉は、反《そ》りが合わない。ほかに道誉が合わないのは、山名時氏である。その二人ともが、自分の敵に回った、と尊氏はふと考えたことがある。偶然かもしれない。道誉ならば、平然と二人を敵に追いやるようなことをしたかもしれない、という気もする。

高経の方は、道誉の家柄を問題にもしていないが、これからはそうもいかないだろう。

「これで山名時氏が帰参すれば、幕府はもとの姿に戻る」

「それがしに、山名殿を攻めろと言われているのですか？」

「まさか。佐々木道誉なら考えそうなことだが、わしは考えぬ。山名時氏の追討は、いずれ適当な者を選び出す」

「直冬殿のことは、どのように御処分なされますか？」

「なにもせぬ」

「なにか御処分を決められる方が、かえってよろしいかと思います」

「高経殿、わしは弟まで殺した男だ」

尊氏が言うと、一座に緊張が走った。

「直冬のことは、放っておく。それが最も残酷なことになるからだ」

高経が、うつむいた。道誉だけが、声をあげて笑った。

「上様は、直冬殿に腹を立てておられるのだな。先年の戦で腰が引けていて、まともな闘いができなかったと」

道誉が言ったことは、図星だった。直冬があの時自分を殺していてくれれば、といまになって考える。もう、戦で自分を殺せるほどの者は、出てこないだろう。

「桃井直常も、放っておこう。高経殿が幕府に帰参されたのでは、暴れたくても暴れられはしまい」

「これも、残酷な話でございますな」

また、道誉が言った。

叱責する。領地の一部を召しあげる。遠流にする。そのどれでもできた。そうすれば、桃井直常も幕府に帰参する名目ができる。放っておくというのは、その名目さえも与えないということだ。そして、これから先長年にわたって、斯波高経は領地を接した桃井と独力で闘わなければならないことにもなる。

「道誉、京ではおまえは増長慢と言われているそうだぞ」

「それは光栄。それがしは、どこも変ったつもりはございませんが、世間では偉そうに見えるのでしょうな。そういう人間には、悪口はつきもの」

確かに、道誉の一行はいつも目立つようだが、それはいまにはじまったことではなかった。二百、三百の供回りで動き、誰と出会っても下馬などしない。

「もうよい。酒宴にいたそう」

道誉が、自分を怒らせようとしていることは、尊氏にはわかっていた。怒らせて、心の底をもっと剥き出しにさせようというのだ。

義詮は、これからも結局道誉を頼ってやっていくしかないのだろう。ほかの守護たちとは、役者が違う。

ほっとしたように、義詮が高経と喋りはじめた。心配しなければならないのが、山陰の山名の勢力だけになったのが嬉しいのだろう。

その日、尊氏は酒を過した。

躰の中で、得体の知れないものが駆け回りはじめたのは、翌日だった。尊氏は、臥ったままそれが通り過ぎるのをじっと待った。

義詮が来て、山名を討伐する軍勢を出したいと言った。大将には三名の名を挙げたが、尊氏は気に入らなかった。

道誉を呼んだ。

「それなら、細川頼之《よりゆき》でしょうな」

「清氏《きょうじ》ではなく、頼之か？」

清氏は、豪放な男だった。勇猛で、全身に傷を受けているが、死にはしなかった。

「細川頼之に、それを命じよう」

「上様は、お加減が悪いのではありませんか？」

「数日前からだ」

「細川頼之は、すぐには受けないと思います。討ち取った敵の領地の、処分権を求めてくるでしょう。それがなければ、中国に腰を据えて闘えませんので」

尊氏にも、そんなことはわかっていた。それでも、ただ命じた。細川頼之が出奔したと聞いたのは数日後だった。従兄の清氏が、山崎まで行って連れ戻してきた。頼之が臆病風に吹かれたと、清氏は思ったようだ。

頼之に会った時、尊氏はもう起きていられなかった。臥ったまま、尊氏は頼之と一刻ほど喋った。尊氏が眼を閉じると、頼之は喋るのをやめる。そのくり返しだった。見えるものがあった。頼之の武将としての資質は、清氏より上だ。しかも、野心が強くない。

頼之が望む権利を与え、中国大将という呼称も与えて、中国に出発させた。

眠っている時が多くなった。その眠りも、躰を駈け回る痛みでしばしば破られた。

このまま死ぬのか。それならそれでよかった。死を迎えるような気分で、尊氏はその時が来るのを待った。眼を閉じるたびに、これで終りだろうと思った。しかし、眼醒めると近習たちの顔が見え、自分の呻き声が聞えた。

義詮は、毎日やってきた。

道誉が現われたらなにか言ってやろう、と思って待っていたが、いつまでも顔を見せなかった。眠っている間に見舞いに来たという気配もない。

ある夜、尊氏は血夢がそばに座っているのに気づいた。

「俺は、死んでいこうとしているようだな、血夢」

表情はよく見えなかった。

「俺は、戦がしたい。俺を打ち倒せるほどの武将が、この国にいるか？」

血夢の表情は変らない。いや、よく見えないのだ。

「俺を打ち倒せる武将を、捜して来い、血夢。俺は、こんなところで死にたくはない。闘って死にたいのだ。この尊氏は、生まれながらの武将だ。いま、俺を打ち倒せる者を、捜し出せ。それが佐々木道誉であろうと構わぬ」

血夢の手が、のびてきた。尊氏の手をとり、掌に字を書いた。き、く、ち、と読めた。

「わかった」

尊氏は眼を閉じた。眠りが訪れたようだ。眼醒めたのは、痛みのためではなかった。

尊氏は、起きあがり、茵の上に座りこんだ。

きくちとは、肥後の菊池武光《たけみつ》のことか。後醍醐帝の皇子、懐良《かねよし》親王を推戴し、ここ数年で急速な力をつけている。

北畠顕家に破られて、尊氏が九州に落ちたのは二十年も前のことだ。そこで大軍を集め、上洛して京を奪った。

あれと同じことを、今度は懐良親王が起こすかもしれない。自分の支えになった少弐頼尚は、いまは反幕に徹している。九州探題として、一色範氏を残してきたのが、裏目に出たのである。直冬が、一時期九州に勢力を拡げたのも、一色に反撥する少弐が肩入れしたからだった。

だが、そういうことは、いまの尊氏にとってはどうでもよかった。問題は、菊池武光という武将だった。もともと、肥後菊池郡に根を張る小豪族に過ぎない。それが、守護を押さえ、全九州の覇権を握りかねない勢いを示している。寡兵だが精鋭を揃え、巧みな戦でほとんど負けを知らないのだ。

いずれ、少弐頼尚とぶつかるだろう。勝った方が、九州の覇権を握ると言ってもよかった。

さらに三日ほど、尊氏は臥っていた。

食欲は出てきた。痛みが躰を駈け回ることもない。

四日目に起きあがった。いつの間にか、桜の季節になっていた。

九州に詳しい武将を、尊氏は次々に呼んだ。菊池武光の姿が、尊氏の中で次第にはっきりしてきた。せいぜい百そこその兵を抱える菊池家の庶子から、実力で惣領にのしあがり、征西将軍として九州に送られた懐良親王を推戴している。闘いのひとつひとつが、胸がすくような鮮やかさである。

再び遠乗りに出るようになったのは、夏からである。

相変らず、守護が勝手なことをしていた。興福寺や叡山や石清水八幡の僧兵や神人の強訴も、しばしば起きているようだった。そんなものも、やりたいだけやればいいのだ。人が、愚かさを剥き出しにしているにすぎないだけだった。

前九州探題一色範氏と、新探題の直氏が帰洛した。征西将軍宮と菊池武光の征西府に打ち払われたという恰好だった。幕府では九州探題につける新手の兵を集めはじめた。尊氏は、一色範氏と何度も話しこみ、菊池武光の戦のやり方を聞いた。忍耐強く、勇猛なだけでなく謀略にも優れていた。楠木正成とも、北畠顕家とも違っていた。京で勝手を言い募っている守護たちとも、まるで違う。

「その軍略には、恐るべきものがあります。ひと度闘いになれば、菊池の軍勢は火の玉になります。菊池の兵は、領地などは持っておりません。銭を受けているだけです。その銭は、朝鮮との交易から得るもののようで、したがって兵には、領地に対する執着がありません。大将は、恩賞の領地のことなど考えずに兵を動かせますし、攻められた側も恭順さえすれば、領地は安堵されるのです」

一色範氏は、ひどく老いていた。この男ならと思って尊氏が選び、九州を任せてきた男だった。それが、身ひとつ同然で、京へ逃げてこなければならなくなっている。

「わが生涯で、あのような強敵に出会うことは、二度とないでしょう。あまつさえ、錦旗を掲げております。征西府が手強いのは、征西将軍宮にも、並の武将以上の軍略があり、ただ推戴されているのではないということです。大塔宮の弟に当たられる方ですが、はるかに沈着冷静でもあります」

「賀名生の朝廷に同心している、他の武士とは違うということか。いずれ、上洛軍を起こしてこような」

「いいえ」

範氏が眼を閉じた。そうすると、さらに老《ふ》けこんだように見えた。

「征西府は、いずれ九州を統一いたしましょう。しかし、上洛軍は出さぬと思います。それがしは、征西府にだけ眼を注いできたと言っても過言ではないと思いますが、上洛軍よりもっと大きなことを考えている、としか思えないのです」

「なんだ、それは？」

「九州を、この国とは別の国にしてしまうということです」

「そんなことが」

尊氏は、言葉を詰らせた。

「上様、九州だけでは難しいかもしれません。しかし、壱岐《いき》、対馬《つしま》を間に挟んで、朝鮮をも含めた新しき国ならば。いま、九州は、朝鮮と太い海の道で結ばれておりますし」

尊氏は絶句したままだった。

次第に、躰の中の血が熱くなっていった。京を奪ったり奪われたりしている間に、九州ではそれほどの夢が育っていたということなのか。

男の夢ではないか。尊氏は思った。自分が天下を取りたいと思った以上の、壮大な夢ではないか。しかし、夢などたやすく摑めるはずはない。摑んだ時には、夢はその形骸に過ぎなくなっているのだ。それが、征西将軍宮にも菊池武光にもわかっていない。

範氏が喋り続けている。尊氏は、ほとんど聞いていなかった。

尊氏が、花一揆の調練をはじめたのは、翌日からだった。

兵の体力を強くすること。そこからはじめた。毎日、駈けさせる。水も兵糧も与えずに、山に三日か四日入れる。そういうことをくり返した。

二千の軍勢を率いて九州にむかった一色父子が、また長門に追い返されたという知らせが入ったのは十一月だった。征西府の上洛軍が攻めてくる、という噂まで流れ、京は大騒ぎになった。

尊氏は、そういう騒ぎも無視して、黙々と花一揆の調練に励んだ。その調練をどうとったのか、守護たちの振舞いはいくらか大人しくなってきた。二百の供回りで、京を大袈裟に歩いてみせるのは、道誉ぐらいのものになった。道誉が変りそうな気配はない。

体調は、よくなっていた。悪かった時が、嘘のように思えた。自分の躰の中で、腐りかかった夢が走り回っていたのだ、と尊氏は思った。いまはなにか、別の夢を得たような思いがある。手垢も血もしみついていない、みずみずしい夢である。

冬の原野を、汗が滴るまで駈けた。

前方に見えるのは、九州だけである。

4

尊氏が、自ら出陣して九州を討伐する、という話が出てきたのは、年が明けてすぐだった。賀名生に拉致されていた、光厳、崇光《すこう》の両上皇が、京に戻ってくるということが起き、九州討伐はしばし沙汰やみになった。

道誉は、甲良の館と高橋屋を行き来しながら暮していた。特に戦もなく、政事の煩《わずら》わしいことは、三男の高秀に任せた。政事は形式であり、形式に道誉はなんの魅力も感じなかった。たまに引付頭人《ひきつけとうにん》としての仕事がある時は、大声を出して思うように押し通した。その気がなくても、幕府での存在は大きくなり、道誉がなにを考えているのか、知りたがる者も多かった。それも、煩わしい。

高橋屋は焼け、周辺の土地も含めて、大きなものに再建された。道誉の宿舎と言ってもいいものだが、敷地の中に別棟がいくつかあり、能楽の一座が宿舎に使っていた。舞台も庭にしつらえ、気がむくとその時に泊っている一座の芸を観たりもした。

隠居のような暮しをはじめた勧修寺経顕が、しばしばやってきた。関白二条良基《にじょうよしもと》が撰した連歌集を、勅撰に准じさせようというのだ。自分の力だけでは、綸旨は得られないと二条良基は読んだようだった。

道誉は、武家申詞として、綸旨を乞うた。御所前に、一千の供回りを並べて、奏上したのである。公家たちは、それだけで恐れた。他愛ないものだった。菟玖波《つくば》集という。道誉はさらに、二条良基と話して、自分の句を八十一句入れさせた。尊氏のものは、六十八句である。それは噂になり、怒る者も呆れる者もいた。道誉と尊氏以外、武士の句は数えるほどである。

そういうこともあったが、道誉の暮しはのんびりしたものだった。周囲には、いつも能役者たちがいて、たまに道誉が笛などを吹いていると、遠くでじっと聴き入っていたりするのだった。

犬王と観世丸は、それぞれに一芸を立て、人々に双璧とまで言われるようになった。道誉は一忠と、二人の芸をしばしば観たが、もうなにも言うことはなかった。二人とも、自分の世界を深めていこうとしているだけだ。

義詮が、時々高橋屋に現われては、深夜まで酒を飲んだ。義詮の仕事は、かつて直義がやっていた政事で、荷が重すぎるのは見ていてもわかった。酒に逃げているというところがある。

「犬王と観世丸に、芸をやらせてみようと思うのですが」

ある日、一忠が言った。

「ということは、二人一緒に舞台に立たせるということか？」

「はい。犬王の唄に、観世丸の舞。これは弾き合うかもしれず、不思議な溶け合い方をするかもしれません」

犬王は道阿、観世丸は観阿弥として、それぞれに一家をなしている。

「どうでしょう。将軍様もお呼びになって」

「最近では、戦の調練に精を出されているという話だが」

言いながら、道誉はやろうという気になっていた。呼ぶのは、尊氏だけでいい。

「もう、犬王と観世丸には話したのか？」

「道誉様のお許しがあれば、二人だけでやりたいと」

「よし、観てみようではないか」

一忠が頷いた。このところ、縮んで小さくなったような感じがする。舞うこともうたうことも、ほとんどなくなった。

夏の一夜を、それに当てた。

まだ陽が高いうちから、尊氏は高橋屋へやってきた。高橋屋の外では、花一揆の一千騎がかためている。

「よくもやってくれたものだ、道誉」

闊達《かったつ》な口調で、尊氏が言った。喋り方は若々しいが、面貌は戻っていない。

「菟玖波集のことでございますか。句にはやはり巧拙があり」

「言うな。俺は、綸旨を受けたと聞いて呆れただけだ。どこまでも厚顔無恥なやつよ」

尊氏が、声をあげて笑った。

「ところで、義詮のことを頼んでおこう」

「ほう。なぜ、いまでございます」

「次の戦で、俺は死ねそうな気がする。強敵が見つかった」

「九州征西府。征西将軍宮と菊池武光でございますな」

「俺は、菊池武光の戦ぶりを、ひとつひとつ調べた。どれをとっても、心がふるえた。俺は、菊池武光の戦にある夢を、この手で叩き潰してやるのだ」

「夢ならば潰《つい》えます、遠からず」

「いまは、武光の夢が生きている。だからこそ、潰し甲斐もあろうというものよ」

「では、義詮様のことをそれがしに頼まれるのは、御遺言と考えてもよろしいのですな」

「頼む、としか言い様がないのだが。おまえに押しつけて、俺は思うさま戦をしようというのよ」

「承りました」

「ほう」

「まず、御一門の中から義詮様の執事を選ぶことですな。細川清氏あたりからはじめますか」

「清氏だと」

「次には、畠山か斯波。まだ、この国が治まるまでいろいろ起きるでしょうからな。賀名生の朝廷も、力をつけるかもしれません。しかし、幕府は潰れますまい。その間に、若い者が育てばよい。細川頼之あたりですかな。うまくいけば、斯波高経殿の御子息も」

「頼之は、中国でよくやっている」

「では、決まったようなものです」

「おまえに、そんな力があるのか、道誉？」

「佐々木道誉でございますぞ。世間では、それがしをとんでもない男と言うでしょうが、上様の頼みとあらば仕方がない」

「やれるなら、やってよいぞ。おまえも、滅びるかもしれんがな」

「足利尊氏が死んだあとは、それがしにとっては余生。どんな滅び方ができますかな」

尊氏が、道誉を見た。道誉の心は、大きくは動かなかった。死にたがっている男が、眼の前にいる。強いと言えば、その思いが最も強い。

「余生か」

「芝居と言ってもよろしいでしょう。筋書を、この道誉が書くのですよ。その通りに、世の中は動きます」

「大変な余生だな。余生であり、情熱も失せているから、そんなことも軽々とできてしまうということか」

「上様とそれがしと、どちらが勝ったのか、考えなくても済むようになりますし」

「俺は、負けぬ」

「勝ちもしない。それがしは、そう思います」

「負けず、勝ちもしないか。俺の好きな勝負ではないな。やはり、戦がよい。負ければ死ぬ戦が」

それからしばらく、尊氏は花一揆のことを喋っていた。男山の三万の敵にむかっていく、花一揆一千騎の後姿を道誉は思い浮かべたが、尊氏はそんなことは忘れてしまっているようだった。菊池武光がどういう戦をし、花一揆がどう動けばそれを破れるか、という話ばかりだった。

やがて陽が落ち、涼しくなってきた。

庭の舞台のまわりに、多くの篝が焚かれはじめる。闇が深くなった。

庭に出て、床几に腰を降ろした。一忠がそばへ来た。床几は二つだけで、一忠はひざまずいている。酒が運ばれてきたが、尊氏は口をつけようとしなかった。

「芸ができる者はよいのう、一忠。芸の中で、もうひとつの人生を生きることができる」

「戦の中に、もうひとつの生はございませんか、上様？」

「何事も同じか」

「道阿も観阿弥も、人の心の中で生きることはできますが」

尊氏は、空に眼をやっていた。篝の明りに照らされた首筋の肉がたるみ、深い縦皺が刻まれている。そこにだけ、老いが剥き出しになっていた。

なんの前触れもなく、犬王が出てきて、低い濁った声で唄をうたいはじめた。しばらくして、観世丸が舞いながら出てくる。

不思議なものが、闇の中に浮かびあがっていた。犬王は、死に行く者の心をうたっているが、観世丸は生きる歓喜を舞っている。それでいて、二つは溶け合い、ひとつのものになっていた。

　生も死も渾然として、ただ祈りに似た思いだけをかき立てる。二人が闘っているのか、道誉は眼をこらした。闘ってはいない。しかし、気を緩めると相手に食い尽される。そのぎりぎりのところで、二人はうたい、舞っていた。

　犬王の声が、ひときわ高くなった。観世丸の動きが緩慢になり、時に静止し、声の合間を縫うように、激しく舞うとまた静止した。いつの間にか、観世丸がうたいはじめている。犬王の手足が動きはじめている。

　二人の声が交錯し、躰が弾き合い、離れては引き寄せられた。

「もうよい」

　尊氏が、低い声で言った。その声を待ってでもいたように、二人は同時に座り、尊氏にむかって平伏すると、篝の明りの外に消えた。

　尊氏は、黙って腰をあげ、そのまま帰っていった。

「二人とも、見事なものでございました」

　一忠が言った。

「わしも、そう思う。二人に、そう言ってやれ。上様は、ひとりになりたいと思われたのであろう」

「道誉様も？」

「あれ以上見ていたら、息苦しくなったかもしれぬ。二人は、どれほど舞台にいたのだ？」

「およそ、半刻ばかりです」

「二人とも、うたい、舞っていた」

「唄と舞が、あれほどに溶け合うのを、もう一度観るということはありますまいな」

道誉も、そういう気がした。今夜は、巧まずして、二つが溶け合ってしまったのだ。次もそうなるとはかぎらない。

ひどく疲れていた。動悸もある。

道誉はえいを呼び、茵の用意をさせた。酒さえ、飲もうという気にならなかった。

5

尊氏は、相変らず花一揆の調練を続けていた。菊池武光をよほどの強敵と見ているのか、鬼気迫るものがあるという。義詮が止めても、聞こうとしないという話だった。

「薩摩の島津から、救援の要請がしきりだ」

出仕した道誉を居室に呼んで、義詮が言った。九州の幕府方といえば、いまは島津しかなく、かなりの圧迫を受けているようだった。

「父上は、なにがあろうと自ら御出陣遊ばすおつもりだ。出陣の時期を、三月上旬とも決められた」

「それで、幕府は？」

「五万の軍勢を集める。途中で中国、四国の兵を加え、九州に入る時は十万にはなる」

兵を多く集めることぐらいしか、義詮にはできないのだろう。そして島津は、ひと言も義詮とは言わず、ひたすら尊氏の来援を求めている。

「九州さえ制圧できれば、中国を三方向から攻めることができる」

「甘くはありますまい」

義詮は、尊氏が死にたがっていることを、気づいてはいないのだろう。義詮だけでなく、誰も気づいていないかもしれない。

「上様は、今日も調練ですか？」

「壮健になられた。病で臥っておられた時が嘘のようだ。道誉、いくら菊池武光が精強だと言っても、花一揆には勝てないぞ」

道誉は、曖昧に頷くしかなかった。

調練中に尊氏が倒れた、という知らせが入ったのは二月の終りだった。そのまま万里小路の屋敷に運ばれ、臥ったままだという。

出陣は、三月下旬に延期された。

三日ほどは寝こんでいたが、それからは寝たり起きたりという状態で、尊氏はしきりに人に会いはじめた。

道誉も、三月の上旬に万里小路の屋敷に呼ばれた。

尊氏は、直垂《ひたたれ》を着て、上機嫌で道誉を迎えた。どす黒い顔の色をしているが、笑顔は絶えなかった。

「花一揆の力があがりましたか、上様？」

「調練は続けさせておるが、これ以上どうということもない。軍勢はやはり実戦であろう。強い敵にぶつかることによって、強くなる」

「いまは、実戦と言っても、昔ほど厳しい戦ではなくなりましたな。守護同士で、腰の引けた喧嘩をするぐらいで」

「菊池武光であろう。いまこの国を見回しても、菊池軍に勝る軍勢はいない」

尊氏は、まだ笑っていた。

「どうされました、上様？」

「なにがだ？」

「ずっと笑っておられますぞ。それも嬉しそうに。察するところ、この道誉をやりこめる姑息な手でも思いつかれましたかな」

「おまえの鼻ぐらい、いつも片手で折れる。わざわざ喜ぶようなことでもあるまい」

尊氏が、声をあげて笑った。

「義詮に、息子が生まれる」

「ほう」

「俺の口から言いたかったので、口止めしておいたのだ。俺の孫だぞ」

「しかし、男子と決まったわけではありますまい」

「いや、息子だ。俺には、よくわかる」

「おめでとうございます。これで国が治まっていれば、言うことはないのですが」

「皮肉を言うな。だから俺は、菊池武光を倒さねばならん」

尊氏が、また菊池の軍略について語りはじめた。指さきで床板に線を引き、騎馬と徒の動きを説明しはじめる。

「鳥雲の陣を、菊池の軍勢は実に巧みにやる。動きながら、陣形を変えていくのだ。菊池軍が攻め寄せてくるのが、俺には見えるぞ。鳥が集まっては散っていくように兵を動かし、こちらを惑わせる」

道誉は、尊氏の紫がかった爪の色を見ていた。真新しい板の上で、それは別なもののように動き、静止した。

「おまえに似ているところもある、武光は」

「会われたことはない」

「やり方がだ。九州の山の民を、味方につけた。そして兵站を担わせている。俺はそう睨んでいるのだ。俺など、戦の時はいつも兵站を真先に考えた。習性になっているのだな。菊池軍の兵站は、とすぐに頭を働かせてしまう」

「そこまで考えながら、上様には負け戦も多かった」

「俺は負けてはおらぬさ、道誉。こうして生きているのが、その証拠だ」

「義詮様にお子が生まれるというのは、いつお知りになりました？」

「四、五日前であったかな。それを理由に、俺が九州に行くことを止めようとしている」

「鳥雲の陣を破る方策は、見つかりましたか、上様？」

「それが、見つからん」

「すると、負け戦か」

「道誉。戦というものは、いつもその場で策を決めていく。前から考えていたことなど、なんの役にも立ちはしないのだ。俺は、いままでそうしてきた。大事なことは、すべてその場で決めた」

「菊池武光はいくつですか、上様？」

「さあな。義詮よりも、十も上かの」

「若い。これはやはり難敵だ」

「若ければ、なぜ難敵なのだ？」

「上様が、多々良浜で闘われたのは、武光の兄とでございますな。あの戦こそが、上様のすべてを決した。あのころ、上様はいまの武光と同じぐらいの歳ではなかったのですか」

「言われてみれば、そうだ。しかし、あの時になぜ勝てたのか、自分でもよくわからぬ。気づいた時は、勝っていた」

「気づいた時は勝っている。そんな戦ができるのは、若いころだけです」

「自分を捨てれば、できる。眼の前に、川のようなものがある。それを跳ぶか跳ばないか。跳ぶことに、歳など関係ないのだ、道誉。跳ぶ気があるかだけだ」

「そうかもしれませぬな」

「戦の話はよい」

尊氏の眼が、道誉にむいてきた。

「義詮だけではない。俺の孫のことも頼んでおくぞ」

それから尊氏は、道誉の孫のことを訊いてきた。秀綱の息子はすでに元服し、秀詮《ひであき》と名乗っている。この孫と、顔を合わせることはあまりなかった。京極の館にいるし、近江では柏原城に起居させるようにしている。羽山忠信をつけてあった。

「孫と会える、とは思っていなかった。いつの間にか、俺たちは歳をとっていたなあ、道誉。鎌倉の幕府に出仕して、高時殿の顔色を窺っていたのが、ついこの間のような気がするが」

「上様は特に、めまぐるしい日々を過されたでありましょうからな」

「人の一生など、この頭にすっぽりと収ってしまうものだな。たったこれだけの頭にだ。俺は臥っている時、自分が孤独だったのかどうか考えてみた。幼いころから、直義がそばにいた。師直もいた。義詮や基氏もいた。そしていま、孫にも会える」

それでも、尊氏はひとりきりのはずだ。それが、頂点に立つ男というものだ。頂点に立った男の孤独が、直義も師直も死なせた。

尊氏の躰が、縮んだように小さくなっている。道誉はふとそう思った。いつからかは、わからなかった。鎌倉から戻った時、というわけではないような気もする。

尊氏が、また秀詮のことを訊いてきた。道誉は、思い出しながらそれに答えた。

尊氏の花一揆の調練は、それからも続いたようだ。馬に乗れるほどに回復したのだろう、と道誉は思った。しかし、三月下旬になっても、軍勢を集める気配はなかった。孫が生まれてから、というような止め方を義詮はしたのだろう、と道誉は思った。

桜が過ぎた。このところ、時が過ぎるのがひどく早いような気分に、道誉は襲われた。新緑を見たのも、ついこの間のような気がするが、高橋屋の庭はまた新緑だった。

寝所で、気配を感じて眼を開いたのは、四月のある夜だった。

「黒夜叉か？」

明らかに、忍びがそれとわかるように気配を発している。闇の中に、平伏している影が見えた。血夢だった。血夢は、言葉を持たない。それでも、なにを伝えに来たのか、道誉にはわかった。

頷くと、血夢の気配は消えた。

「できものがどこかにできたという話だったが」

道誉は呟いた。

「それが、ひどくなっているようでございます」

黒夜叉だった。黒夜叉に悟られずに、血夢が道誉に近づくことは難しい。

翌朝、道誉は万里小路の屋敷に出かけていった。

尊氏は、腹這いで臥っていた。痩せた背中が剝き出しで、右の肩から背中にかけて、灰色の大きな腫れものがあった。

「俺の躰の中を駈け回って、ここ数年俺を苦しめていたけものが、皮を食い破って外へ飛び出してこようとしているのだ、道誉」

言った尊氏の顔に、すでに死の影が漂っているのを道誉は見た。

高橋屋へ戻った。近江に使者を出し、軍勢の仕度をさせた。羽山忠信と姫橋道円が、すぐに近江国境にまで出てくるはずだ。

道誉は、ただ待っていた。

尊氏との勝負には、勝ったのか負けたのか。何度か考えたが、途中でやめにした。尊氏の方が、はるかに自分に正直に生きてきた。それだけの違いだ。

知らせが来たのは、四月三十日だった。

国境に待っていた軍勢に、速やかに京に入るように命じた。それから、しばらく居室で瞑目していた。気づくと、笛を吹いていた。笛を吹くことができてよかった、と道誉は思った。言葉も、涙も、叫びも、必要ではなくなる。

ようやく、周囲が騒がしくなってきた。

余生がはじまるのか、と道誉は思った。思ったのは、それだけだった。

万里小路の屋敷は人で溢れていたが、道誉が姿を見せると人垣が道を作った。下馬し、道誉は門にむかって歩いた。

屋敷の中に、混乱はない。すでに、義詮は覚悟をしていたのだろう。

尊氏は、穏やかな表情をしていた。昔の顔に戻った、と道誉は思った。

義詮が泣いていた。一門の大名たちも集まりはじめている。それでも、屋敷の中は静かだった。なにか、とてつもないものが消えていった。みんな、そう思っているようだ。

「京に軍勢が入っている。三千か四千はいる。なんなのだ」

荒々しい声とともに、仁木義長が入ってきた。

「静かにせよ、仁木殿。上様の前だ」

「軍勢が、入っているのだぞ」

「この佐々木道誉の軍勢である。上様の死で、なにかを起こそうとする者がいるかもしれぬ。それは、佐々木軍が速やかに討つ。それだけのことだ」

「誰が、命じたのだ？」

「わしが、わしに命じた。異存があるなら、後日聞こう。ただし、心せよ、仁木殿」

道誉は、仁木義長にむけていた眼を、尊氏の方へ戻した。

「わしは、佐々木道誉だ」

仁木義長は、それで黙った。

翌日から、葬儀の準備がはじまった。その騒ぎの輪の外に、道誉はいた。芝居は、すでにはじまっている。その芝居の中で、すべてのことは進んでいった。

「私は、征夷大将軍としてやっていけるのだろうか、道誉?」

すべての片がついて落ちついたのは、六月に入ってからだった。義詮は、しばしば高橋屋を訪《おとな》ってきた。守護たちが、また勝手放題を言いはじめたことが、義詮の気持を重くさせているのだろう。

「そう考えられているだけで、征夷大将軍の資格はあります。義詮様は、生まれながらの将軍ではありません。北条一門の下風に立つ、足利家の嫡男として生まれられた。しかし、今度生まれてくる御子が男子なら、間違いなく生まれながらの征夷大将軍」

「そうやって、幕府は固まっていくのか」

「多分」

「守護の争いは、これからも激しくなろう」

「守護同士で、潰し合えばよいのです。やがて、政事がなにかという考えを持った者が、育ってきます。あまり戦の血で汚れていない者たちがです」

「私は、道誉に補佐して貰いたいと考えている」

「それがしの手も、戦の血で汚れておりましてな。いずれ、中国が落ち着けば、細川頼之が戻って参ります。斯波義将も成長いたしましょう」

「頼之か」

「時は流れます、義詮様」

「まことよのう」

義詮は、これからも苦労するだろう。それは仕方のないことだった。

夏になるまで、道誉は高橋屋で一忠と笛を吹いたりして過した。頭の中にあるのは、これからの芝居のことである。筋書はある。曲折はあっても、およそのことは考えた通りに進むだろう。ただし、それは自分が生きている間だけのことだ。

「生きていることが、そのまま芝居だったのかもしれぬな、一忠。わしに限ったことだ。尊氏殿は、芝居のできぬお方だった」

「生きていることがそのまま芝居なら、それは芝居ではございませんな、道誉様」

「そういうものか」

「だから、生きたいように生きて、生ききることでございます」

「夜中に、よく眼が醒める。そしてしみじみと思う。わしは、どうやら尊氏というお方が好きだったようなのだ。手を入れて探ってみなければわからぬほど、心の底に沈んではいるが、亡くなられてから、それがはっきりわかるようになった」

「先に死ねばよかった、と思っておられますか」

「なに、ちょっとは考えた。尊氏殿がさぞくやしがったであろうと思ったりしてな。しかしまた、生き残った方がよかったと思うこともある」

一忠も、尊氏を好きだった気配がある。それも、生きていることの夢。一忠なら、そううたうかもしれない。

「あと一年生きるか、二年生きるか、と私はよく思います」

「十年かもしれず、二十年かもしれぬぞ、一忠」

「それは、道誉様のことでございましょう」

一忠が笑った。

義詮から、男子が生まれたという知らせが来た。

ひと月ほど経ってから、道誉は祝いの品を積みこんだ牛車を三台曳かせ、錦小路の義詮邸に行った。

義詮の将軍宣下をいつにするか、決めなければならない。それに伴って、執事を誰にするかも、決めなければならない。守護同士で争っていたが、いつか道誉が義詮とはかって決めるもの、という空気になっていた。

そういう話はあとにして、道誉は赤子と対面した。乳母が抱いていた。眠った顔を見て、道誉は笑いはじめた。尊氏が生まれ変った、という気分に襲われたのである。この赤子のために、もうひと芝居やるのも悪くはない。そう思った。余生を愉しめば、尊氏はまた怒るだろう。

「私の息子だ、道誉」

義詮が眼を細めて言う。

そして尊氏の孫だ、と道誉は思った。

『道誉なり』
初出　「小説中公」一九九五年二月号〜十一月号
　単行本　一九九五年十二月　中央公論社刊
　文庫　　一九九九年二月　中公文庫刊
本書は、右文庫『道誉なり　下』の新装版です。
　刊行にあたり、解説を新たにいたしました。

解　説

大矢博子

歴史小説界において南北朝時代は、長い間エアポケットだった。

司馬遼太郎《しばりょうたろう》（南北朝時代を描いた著作は一冊もない）は『手掘り日本史』（文春文庫他）の中で、南北朝時代が小説になりにくい理由を「時代の美意識というものがない」「ここにあるのは利権・利害だけ」と語っている。確かに南北朝の動乱は、もとは相続問題の拗《こじ》れだ。そこにイデオロギーの衣をまとわせたのが終戦までの皇国史観である。その扱いに禁忌を覚える向きは確かにあったし、一次史料も少なく研究も進んでいなかった。しかも政治背景は極めて複雑。なるほど、エンターテインメントに落とし込むのは困難であったろう。

　ところが二十一世紀に入り、この南北朝時代をさまざまな切り口から描き出す歴史小説が次々と登場した。服部真澄《はっとりますみ》は『夢窓《むそう》』（PHP研究所）で禅僧・夢窓疎石《そせき》を主人公に据え、司馬遼太郎が「ない」と断じた「時代の美意識」を禅の思想の中に見出した。安部龍太《あべりゅうた》郎《ろう》は『道誉《どうよ》と正成《まさしげ》』『義貞《よしさだ》の旗』（集英社文庫）『十三《とさ》の海鳴り』（集英社）の三部作で、この時代を外交と経済の側面から再構築してみせた。葉《は》室《むろ》麟《りん》は『星と龍』（朝日新聞出版）で、楠《くすの》木《き》正成のベースに南宋《なんそう》から伝わった朱《しゅ》子《し》学《がく》があるとした。そして、『利《り》生《しょう》の人　尊《たか》氏《うじ》と正成』（日本経済新聞出版）で仏教の考え方を基盤にまったく新しい正成・尊氏・後《ご》醍《だい》醐《ご》天皇を生み出した天津《あまつ》佳之《よしゆき》が、第十二回日経小説大賞を受賞してこの世界に飛び込んできた。

　その受賞の言葉で、天津佳之は「鎌倉《かまくら》末期から南北朝期は、とかく恣意《しい》的な評価を受けてきた時代ですが、近年になり自由に論じることができる空気が醸成されてきたように思います」と語っている（日本経済新聞二〇二〇年十二月二十二日）。

　こと小説界においてその「空気を醸成」したのは北方謙三である、と私は考えている。いや、醸成などという穏やかな表現では追いつかない。むしろ、無理やり風穴を開けて新しい空気をぶちこんできたのだ。

　ハードボイルド小説の第一人者だった北方謙三が初めて手がけた歴史小説が、後醍醐天皇の皇子・懐良《かねよし》親王を描いた『武《ぶ》王《おう》の門』（新潮文庫）だった。単行本の刊行は一九八九年。以降、北方謙三は南北朝時代を舞台に次々と作品を発表する。

　なぜ南北朝だったのか。「作家としては人のやらないことをやらないとね。あ、これ、僕のポリシーですね。それにこの時代は日本史の闇でしょう」と、日本推理作家協会のインタビューでは軽やかに語っているが、人のやらないことを面白そうだからやってみるという発想は——それってつまり「ばさら」ではないか！　作家がばさらなんだから、そりゃこの時代を書くのは当然なのだ。

　そのばさら作家・北方謙三が「ばさら大名」を描いたのが本書『道誉なり』である。単行本の刊行は一九九五年。四半世紀以上を経て、こうして新装版文庫で令和の読者に本書が届けられることを実に嬉しく思う。なぜならここには四半世紀を経ても変わらない、自己への問いかけが含まれているからだ。

　ということでかなり前置きが長くなってしまったが、『道誉なり』である。主人公は従来の様式にとらわれず放埒《ほうらつ》に振る舞う「ばさら大名」として名を馳《は》せた佐々木《ささき》道誉。北《ほう》条《じょう》政権時代には京で検非違使《けびいし》を務めた後、北条高時《たかとき》に御相伴衆《おしょうばんしゅう》として仕えた人物だ。

　元弘《げんこう》元年（一三三一年）、後醍醐天皇が倒幕運動を起こした元弘の乱で、道誉は幕府軍に従軍。隠岐《おき》に配流《はいる》となった後醍醐天皇の道中警護を務めた。その後、隠岐を脱出した後醍醐天皇は再び倒幕の狼煙《のろし》を上げ、元弘三年（一三三三年）、北条氏は足利高氏《あしかがたかうじ》（のちの尊氏）を討伐のために派遣した。しかし高氏はその途中で帝側に寝返り、幕府の出先機関であった京の六波羅探題《ろくはらたんだい》を攻略する。

この六波羅探題攻略で鎌倉幕府の終焉《しゅうえん》も間近、というのが本書の幕開けなのだが、この『道誉なり』は、そんな経緯や背景の説明は一切なしに、いきなり読者を動乱の中に放り込む。これはいつなのか（作中に年号などが一切登場しないことに気づかれたい）、どこなのか、誰の話なのか、ほぼわからないままに、読者は物語の中に引《ひ》き摺《ず》り込まれるのだ。背景や状況を摑《つか》む前に、読者は戦場の喧騒《けんそう》を聞く。血に飢えた兵の足音を聞く。その中で、ゆったりと構えてほくそ笑む、佐々木道誉という男の底知れなさを感じる。そしてこの道誉の目を通して、読者はいつの間にか今がどんな時代なのかを得心するのである。

これは北方歴史小説の得意技だ。たとえば『三国志《さんごくし》』（ハルキ文庫）でも、従来の『三国志演義』を元にした数多《あまた》の創作物の例に反し、いきなり草原を馬の大群が疾走する戦闘場面で始めていた。どこなのか、いつなのかも明確にしないまま、読者はいつしかそこで躍動する男たちの虜《とりこ》になっていた。

本書も同じである。いや、執筆時期を考えれば本書がその先駆けと言っていい。序盤数ページを読んだだけで、読者はこの佐々木道誉が一筋縄ではいかない男だと察するだろう。策謀に優れ、なのに人当たりは良く、公家《くげ》や足利高氏すらも手のひらで転がしてしまう男だと理解するだろう。次は何をするのか、楽しみで仕方なくなるはずだ。

本書では鎌倉幕府滅亡と建武《けんむ》の新政に始まり、尊氏が亡くなるまでの二十五年間を描いている。協力体制にあったはずの後醍醐天皇と足利尊氏が反目するに至ったこと、一度は九州にまで追いやられた尊氏が再起し、湊川《みなとがわ》の戦いで楠木正成を破って後醍醐天皇を京から追放したこと、征夷大将軍《せいいたいしょうぐん》となった尊氏の実弟・直義《ただよし》と執事の高師直《こうのもろなお》の確執。そういった「室町《むろまち》幕府ができるまで」の事件の数々が本書の背景だ。

背景、と書いた。ポイントはそこにある。そういった歴史年表上のあれこれはあくまで背景にとどめ、本書では佐々木道誉を中心とした男たちの戦いを前面に押し出したのである。煩雑極まりないこの時代を物語に仕立てるために北方謙三がとった方法が、これなのだ。策謀がある。合戦がある。裏切りがあり、寝返りがある。欲があり、保身がある。悪党が暗躍し、忍びが潜み、ばさらが嗤《わら》う。そのひとつひとつに思惑がある。自分を正しいと信じるからこそ無理を通す者もいれば、諦めの中で命を落とす者もいる。そんな個々のドラマを通し、男たちの「生き方」と「戦い方」を描き出すのが、北方謙三の南北朝小説なのである。あの煩雑な時代が、これほどまでに読みやすく、かつエキサイティングな小説になるとは！　面白いじゃないか南北朝時代――と、刊行当時、多くの読者が前のめりになった。北方謙三の小説が「風穴を開けた」と書いた理由はそこにある。

しかも本書では、その中心に佐々木道誉を置いた。

従来の様式にとらわれない「ばさら大名」――本書の佐々木道誉は常に物事を外側から

見ている。見据えている。動乱の中に入ることなく、頼まれれば、そしてそれが必要と思えば動き、そうでなければじっとしている。かと思えば意外な行動で存在感を示す。足利尊氏も、高師直も、二代将軍となる義詮《よしあきら》も、佐々木道誉を無視できない。

　実に不思議な存在なのだ。道誉は全編を通して一応は「尊氏側」についてはいるものの、そこに忠節や忠誠といったものは微塵《みじん》も感じられない。あくまでも「個」として立っている。本音を言わない。執着もない。常に一歩引いたところから、俯瞰《ふかん》している。芸能を愛し、派手ないでたちで行軍し、いきなり峻烈《しゅんれつ》な面を見せたかと思えば、実はすべて計算ずくだったりする。それがかっこいいのだが、あまりに謎めいている。

　この男は何なんだ——エキサイティングな戦いの物語の底に、そんな謎が密《ひそ》かに流れ続ける。彼は何がしたいのか。彼は何を目指しているのか。何に愛着を感じ、何を守りたいと思っているのか。そういったものが漠として見えてこない。時折「これか」と摑めそうになるが、その正体がわからない。やり手の策謀家でありながら、何か大きな虚無を抱えているようにも思える。磊落《らいらく》のようでありながら、すでに何かをあきらめているようにも見える。そんな彼を動かしているものは何なのか。もしかしたらそれは、司馬遼太郎が「この時代にはない」と言った「美意識」ではないか。ただし「時代の美意識」ではなく「自分の美意識」だ。では彼の美意識とは何か。そこが気になり出したらもう、物語から、道誉から、目が離せなくなる。

このミステリアスで魅力的な「ばさら大名」に、私はなぜか悲しみの影がつきまとって仕方なかった。本書のもうひとりの主人公とも言える足利尊氏の苦悩も、湊川の決戦を目前にした楠木正成と道誉の邂逅《かいこう》のくだり（名場面！）も、道誉に後を託しにくる高師直との会話も、どこか物悲しいのだ。それは彼らを見つめる道誉の中に悲しみがあるからではないか。

その秘密は、北方謙三が考える「ばさら」の定義にある。作中で道誉はばさらの意味を問われ、「ただ毀《こわ》したいと思う男のこと」と答える。

本書に登場する男たち――後醍醐天皇も、足利尊氏も、それまでの形を毀した者たちだ。それは自分が理想とする未来を作るためだった。南北朝時代という時代そのものが、国の形を大きく毀し、作り替えようとした男たちの物語であると言っていい。

けれど道誉が毀したいと思っているものは、それとは違う。道誉は「自《おの》が生を。これまでに生きてきた歳月を」毀したいと言って笑うのだ。言わずもがなだが、これは死にたいということではない。道誉につきまとう無常観に注目願いたい。すべてを見てきたからこそ、そして見通しているからこそ、時代の儚《はかな》さを、人の儚さを、彼は知っているのだ。だからこそ放埒に、やりたいように、ばさらとして振る舞うのだ。そんな彼に訪れたラストシーンでの変化――それは、私には一種の救いであったように思えてならない。

　人は何をよすがに生きるのか。畢竟《ひっきょう》、本書のテーマはそれに尽きる。後醍醐天皇の野望、足利尊氏の理想、大塔宮《おおとうのみや》のジレンマ、高師直の犠牲、足利直義の正義、楠木正成の信念――本書にはさまざまな人物の「よすが」と、それに彼らが翻弄される様子が道誉の目を通して描かれる。それは読者に対して「道誉はどうか」と考えさせ、引いては「では自分はどうか」と問いかけてくる。自分を動かすものは何か。理想か。正義か。信念か。それは不変のものなのか。

　これは、武士が拠《よ》って立つべき幕府も朝廷も不安定で、裏切りや寝返りが横行し、悪党やばさらが頭角を現すという「時代の美意識がない」時代だったからこそ描ける、個人の美意識のドラマなのだ。そのせめぎ合いが時代を動かす様子を描いているのだ。

　ハードボイルド小説から歴史小説へと殴り込んだばさら作家・北方謙三が、本書の佐々木道誉に重なって見えた。豪放磊落に笑ってみせながら、実は緻密な計算と策謀の上に南北朝時代を選んだに違いない。「人のやらないことをやらないと」というのは、北方謙三の美意識でもあるのだから。

（おおや・ひろこ　書評家）

中公文庫

道《どう》誉《よ》なり（下《げ》）
——新装版《しんそうばん》

1999年2月18日　初版発行
2021年12月25日　改版発行

著　者　北《きた》方《かた》謙《けん》三《ぞう》

発行者　松田陽三

発行所　中央公論新社
〒100-8152　東京都千代田区大手町1-7-1
電話　販売 03-5299-1730　編集 03-5299-1890
URL http://www.chuko.co.jp/

DTP　ハンズ・ミケ
印　刷　大日本印刷
製　本　大日本印刷

Published by CHUOKORON-SHINSHA, INC.
Printed in Japan　ISBN978-4-12-207151-3 C1193

各書目の下段の数字はＩＳＢＮコードです。978－4－12が省略してあります。

中公文庫既刊より

き-17-8
絶海にあらず（上） 北方謙三
京都・勧学院別曹の主、純友。赴任した伊予の地で、「藤原一族のはぐれ者」は己の生きる場所を海と定め、律令の世に牙を剝いた！ 渾身の歴史長篇。
205034-1

き-17-9
絶海にあらず（下） 北方謙三
海の上では、俺は負けん――承平・天慶の乱で将門とともにその名を知られる瀬戸内の「海賊」純友。夢を追い、心のままに生きた男の生涯を、大海原を舞台に描く！
205035-8

き-17-10
魂の沃野（上） 北方謙三
加賀の地に燃え拡がる一向一揆の炎。蓮如や守護・富樫政親との奇縁から、闘いに身を投じることになった地侍・小十郎の青春を描く血潮たぎる歴史巨篇開幕！
206781-3

き-17-11
魂の沃野（下） 北方謙三
蓮如の吉崎退去、小十郎の恋、そして守護・政親の強権。加賀の雪が、血に染まる時が近づいていた。一向一揆を生きた男たちそれぞれの明日。〈解説〉清水克行
206782-0

き-17-12
悪党の裔《すえ》（上） 新装版 北方謙三
目指すは京。悪党の誇りを胸に、倒幕を掲げた播磨の義軍は攻め上る！ 寡兵を率いて敗北を知らず、建武騒乱の行方を決した赤松円心則村の鮮烈な生涯。
207124-7

き-17-13
悪党の裔（下） 新装版 北方謙三
おのが手で天下を決したい――新政に倦み播磨に帰った円心に再び時が来た。尊氏を追う新田軍を食い止めるのだ！ 渾身の北方「太平記」。〈解説〉亀田俊和
207125-4

う-26-3
安徳天皇漂海記 宇月原晴明
若き詩人王は詠い、巡遣使マルコ・ポーロは追う。神器に封じられた幼き帝を――。海を渡り時を越え紡がれる幻想の一大叙事詩。第十九回山本周五郎賞受賞作。
205105-8